Münchhausen XX

WG Worfel

Writat

Diese Ausgabe erschien im Jahr 2024

ISBN: 9789359948690

Herausgegeben von
Writat
E-Mail: info@writat.com

Inhalt

ICH

Darstellung des Falls mit Fakten, Zahlen, Daten und Umständen, die den Grund und den Anfang dieser Geschichte darstellen – der Tod meines Vaters, sein Erbe, einige Ereignisse in seiner Jugend im Zusammenhang mit dem Erbe, dessen Besitz außerordentlich schwierig war.

Als ich etwa fünf Jahre alt war, wurde ich eines Morgens an das Bett meines Vaters gerufen und erfuhr, dass er bei einem Unfall im Sterben lag.

Ich war eines von vierzehn Kindern – das vierzehnte; sieben Jungen und sieben Mädchen, wobei sich die Mädchen und Jungen abwechselten, bis ich erreicht war.

Als ich das Zimmer betrat, in dem er lag, war ich sehr überrascht, als ich sah, wie alle anderen Familienmitglieder das Zimmer verließen und die Tür schlossen. Wie ich später erfuhr, war dies auf ausdrücklichen Befehl meines Vaters geschehen. Obwohl ich in vielen Dingen von ihm begünstigt worden war, kam es mir so vor, als ob ich mehr Züchtigung erdulden musste als alle meine Brüder; und doch muss ich sagen, dass ich weit mehr verwöhnt wurde, als ich verdiente.

Ich hatte einen schwerwiegenden Fehler – zumindest sahen das die guten alten Damen aus der Nachbarschaft so, die mir allerlei Übel prophezeiten, vom Aufhängen bis zum Zerreißen durch wilde Tiere und allen Arten von Folter, die einem von Aberglauben beherrschten Geist durch den Kopf gehen können.

Ich nehme an, ich könnte die Sache genauso gut mit reiner Kehle klären, damit der Leser nicht zu einer falschen Vorstellung von der Situation, in der ich mich während meiner Kindheit befand, verführt wird und sagt, dass ich die ganze Zeit über bekannt war Gemeinschaft als „Prinz der Lügner"; Tatsächlich wurde gesagt, und oft habe ich es selbst gehört, dass Truth und ich völlig Fremde seien und es keine Möglichkeit gäbe, dass zwischen uns eine Bekanntschaft entstehen könnte.

Seltsamerweise hat mein Vater mich nie dafür bestraft, dass ich nicht die Wahrheit gesagt habe, und er hat, wie ich dachte, mit Zustimmung auf mich geschaut, wenn ich etwas als Tatsache behauptet habe, was auf keinen Fall hätte passieren können.

Um die Geschichte fortzusetzen.

Mein Vater winkte mich an seine Seite und reichte mir ein Paket mit den Worten:

„Mein Sohn, hier ist ein Paket, das du erst an deinem fünfundzwanzigsten Geburtstag öffnen darfst. An diesem Tag werden Sie dieses Paket öffnen und die darin enthaltenen Anweisungen lesen. Ich bitte Sie, diese Anweisungen genau zu befolgen. Sie müssen dieses Paket so bewachen, wie Sie Ihre eigene Sicherheit wahren und seinen Besitz niemandem überlassen würden, nicht einmal für einen Moment."

Ich nahm es und stellte fest, dass es sehr leicht war und unter diesem Gesichtspunkt sicherlich nicht bedeutsam zu sein schien.

II

Zur Freude des Lesers gebe ich hier weitere Einblicke in meinen Charakter und erzähle auf präzise und sorgfältige Weise eine Kurzgeschichte über ein Erlebnis, das ich hatte, als ich auf die Ankunft meines fünfundzwanzigsten Geburtstages wartete.

Ich muss nicht alle Wechselfälle schildern, die ich durchlebte, bevor ich ausgerechnet diesen Tag, meinen 25. Geburtstag, erreichte. Ich kann einfach sagen, dass ich aufgrund des oben erwähnten Fehlers mit solcher Wucht in die Welt geworfen wurde, dass ich nach dem Tod meines Vaters richtig hart aufschlug und dass die Welt und ich nichts zu finden schienen, in dem wir in vollkommener Harmonie waren. Ich spreche von der sprechenden Welt; denn mit der Natur hatte ich nie die geringsten Probleme – sie verstand mich und ich verstand sie. Aber niemand glaubte an mein Wort, obwohl ich nie versprach, etwas zu tun, was nicht getan wurde. Genau dieser Charakterzug rettete mich mehrmals vor dem Verhungern, eine davon möchte ich erwähnen.

Ich war draußen auf dem Land, in den Bergen, und ein Adler trug ein kleines Kind davon. Ich war in der Nähe, als der Vogel seine Beute holte, und ich war damals etwa zehn Jahre alt. Ich hatte mit einer Schleuder geübt und reiste allein die Bergstraße von Haus zu Haus entlang, nachdem ich mehrere Tage lang nichts gegessen hatte. Ich war gerade in den Hof dieses bestimmten Hauses gegangen, als der Raubvogel herabschoss und ich den Schrei des Kindes und seiner Mutter hörte.

Ich rannte dorthin, wo sie stand, rang die Hände und schrie.

„Willst du das Kind?", fragte ich.

Sie wandte mir ihr tränenüberströmtes Gesicht zu, mit einem Ausdruck des Erstaunens, das zweifellos durch meine Frage hervorgerufen worden war.

„Ja, ja!", rief sie. „Aber er ist verloren!"

„Nein", sagte ich mit größter Ruhe, „ich werde ihn für Sie holen."

Der Vogel war jetzt weit oben in der Luft. Ich steckte einen Kieselstein in meine Schleuder, wirbelte ihn um meinen Kopf und schoss die Rakete nach oben.

Es erwischte den Adler direkt hinter dem Ohr und betäubte ihn, so dass er seine Flügel steif machte und begann, sanft nach unten zu fliegen. Ich hatte nur vorgehabt, ihn zu betäuben, und legte nun einen weiteren Kieselstein in die Schlinge, um ihn zu verwenden, wenn ich sah, dass sich der Vogel zu erholen begann. Ich wusste natürlich, dass es niemals genügen würde, den Vogel in der Luft zu töten, denn dann würde die Wucht des Sturzes aus dieser

Höhe das Kind mit Sicherheit schwer verletzen, wenn sie es nicht sofort tötete.

Als der Adler Anzeichen dafür zeigte, dass er wieder zu Bewusstsein kam, schickte ich den anderen Kieselstein zu seinem Gnadenauftrag aus und traf ihn genau an der gleichen Stelle, aber auf der anderen Seite seines Kopfes. Dies änderte seine Richtung gerade so weit, dass er sich allmählich zurückzog, bis er sich schließlich sanft niederließ und das Kind genau an der Stelle zurückließ, von der es es genommen hatte. Ich stürmte auf ihn zu und versetzte ihm einen kräftigen Schlag auf den Kopf, und der Sieg gehörte mir.

Das Erzählen dieser Geschichte an anderen Orten, an denen ich um Hilfe bat, veranlasste sie dazu, die Hunde auf mich zu hetzen, zu drohen, mich zu erschießen oder mich auf dem Scheiterhaufen zu verbrennen.

Ich erwähne diesen Vorfall in meiner vielfältigen Karriere, um zu zeigen, dass das Gehirn des Normalsterblichen nicht in der Lage ist, die Fähigkeiten mancher Menschen zu begreifen.

III

Ich schildere hier die Ankunft meines fünfundzwanzigsten Geburtstages und gebe dem Leser eine kleine Vorstellung von meiner Lebensweise, indem ich ihm besonders zu seinem Nutzen von den Schwierigkeiten schildere, die ich hatte, als ich meinen Schatz wieder in Besitz nahm, den ich so sorgfältig versteckt hatte; Ich informierte ihn auch über die Art und Weise, wie mir mein Einfallsreichtum dabei behilflich war, an den Inhalt der Kiste zu gelangen.

Endlich war mein fünfundzwanzigster Geburtstag gekommen, und ich ging in den Wald zu einem alten hohlen Baum, in dem sich ein Loch befand, das groß genug war, dass ich hineingehen konnte, und nachdem ich durch sorgfältige Untersuchung festgestellt hatte, dass ich unbeobachtet war, betrat ich es. Ich kletterte etwa zwanzig bis dreißig Fuß hoch und steckte meine Hand in die Vertiefung eines Asts, der im rechten Winkel vom Stamm abragte, um das Paket zu holen, das ich vor einiger Zeit sorgfältig dort abgelegt hatte.

Ich spürte, wie meine Hand fest gepackt wurde, und war zutiefst erstaunt, als ich versuchte, die Ursache des Schmerzes herauszufinden, der jetzt in meinem Arm kribbelte. Ich zog und zerrte und begann allmählich, meinen Arm zurückzuziehen, und nahm dabei mit, was auch immer ihn festhielt.

Als ich meine Anstrengungen fortsetzte, sah ich bald zwei glänzende Augen.

Das hat mir solche Angst gemacht, dass ich zum ersten Mal in meinem langen und ereignisreichen Leben sozusagen meinen Kopf und auch den Halt verlor und gefallen wäre, wenn mich nicht ein furchtbares Monster in seinem Würgegriff gehabt hätte.

Ich begann erneut zu zappeln, mich zu drehen und zu rucken und sank dadurch langsam weiter hinab, bis ich gegenüber der Öffnung stand, durch die ich eingetreten war. Aus dieser kämpfte ich mich heraus und zog dabei meinen Feind hinter mir her.

Indem ich mich gut am Baum festhielt, schleuderte ich die große Schlange — wie ich nun erkannte — durch die Öffnung.

Er zögerte nun nicht mehr, mir zu folgen, und war offenbar entschlossen, die Sache voranzutreiben, indem er selbst herauskam. Innerhalb einer unglaublich kurzen Zeitspanne war so viel von ihm auf dem Boden und um den Baum herum zusammengerollt, dass ich seine enorme Länge nicht einmal abschätzen konnte.

Doch siehe da, mein Entsetzen! Denn jetzt hatte er sich fest zusammengerollt, und während er mich etwa sieben bis neun Meter über dem Boden festhielt, war er dabei, mich in seinen tiefen Rachen zu ziehen, trotz meiner verzweifelten Bemühungen, ihn zu bekämpfen.

Mein Entsetzen erreichte seinen Höhepunkt erst, als ich merkte, dass mein Kopf und meine Schultern unweigerlich in den furchtbaren Schlund eindrangen.

Wenn ich daran denke, bekomme ich eine Gänsehaut – es war ein schreckliches Erlebnis. Schließlich hatte er mich verschluckt, und ich fiel mit einem glitschigen Knall auf den Boden, wo sein Körper zusammengerollt auf dem Boden lag.

Ich war immer noch kräftig und kämpfte verzweifelt; so sehr, dass die Schlange plötzlich von einer großen Frage erfüllt zu sein schien, ob sie nicht einen schwerwiegenden Fehler gemacht hatte.

Als ich in dieser Höhle umherstreifte, stieß meine Hand auf etwas, von dem ich schnell erkannte, dass es sich um das Paket handelte, nach dem ich gesucht hatte. Ich drückte es fest an meine Brust und vergaß für einen Moment meine Gefahr.

Die Luft wurde stickig, wie Sie sich vorstellen können, und ich geriet bald in Verzweiflung. Ich durchsuchte alle meine Taschen und suchte vergeblich nach meinem Messer, das ich irgendwo vergessen hatte. Das Einzige, was ich fand, war eine Mundharmonika. Ich kratzte damit auf teuflische Weise an der Wand seines Bauches, aber es hatte keine Wirkung.

Ich dachte an eine weitere Tasche an der Innenseite meines Hemdes und daran, dass ich beide Hände brauchte, um das Hemd aufzuknöpfen und hineinzukommen, also nahm ich die Orgel zwischen meine Lippen. Ich nehme an, ich war kurzatmig, denn ich war ziemlich beschäftigt gewesen, und beim Versuch, wieder zu Atem zu kommen, sog ich die Luft durch die Orgel und gab ein oder zwei Töne von mir.

Ich war überrascht, die Aktionen des Monsters in diesem Moment zu spüren, und zog das Organ aus meinem Mund, um es zu beobachten. Als ich das tat, hörte die Aktion auf.

Dann spielte ich die gute alte Melodie „Yankee Doodle" und die Verrenkungen der Schlange waren gewaltig. Sie schwankte und wand sich und schien meine Füße mit einem fürchterlichen Griff zu packen, und bald wurde mir bewusst, dass ich durch die Kontraktionen und Ausdehnungen der Muskeln seines Körpers unter mir schnell nach oben gedrückt wurde.

Ich war mir bewusst, dass die Schlange die ganze Zeit unterwegs gewesen war, aber ich hatte nicht gemerkt, in welche Richtung, und als mein Kopf zwischen seinen riesigen Kiefern hervorlugte, sah ich die Erde sehr weit unter mir. Dann bemerkte ich, dass er sich auf einem der höchsten Bäume auf einem Berggipfel befand und sich so weit wie möglich über die Baumkrone in die Luft ausgestreckt hatte, sein Körper jedoch fast bis zum Boden reichte.

Ich befand mich daher in einem schrecklichen Dilemma; denn wenn er mich in die Atmosphäre schleudern würde, wäre ich durch den Sturz mit Sicherheit getötet worden. Meine natürliche Fähigkeit, jedem Notfall zu begegnen, kam mir sofort zu Hilfe, und als ich hervorkam, wand ich mich um seine Unterlippe und packte seinen Körper fest mit beiden Armen. Seine Haut war schleimig, und hätte er sich nicht in verschiedene Richtungen um einen riesigen Baum gewickelt und so Wellen gebildet, die es mir ermöglichten, bei jeder Vertiefung meine Geschwindigkeit zu drosseln, wäre ich höchstwahrscheinlich beim Aufprall auf den Boden zerquetscht worden. So aber landete ich anmutig auf meinen Füßen.

Wie Sie sich vorstellen können, war ich von Herzen froh, dass ich einem so schrecklichen Tod, wie er mir erst kurz zuvor begegnet war, entgangen war, und setzte meinen Weg freudig mit meiner Beute im Herzen fort.

Ich ging in eine abgelegene Ecke und bereitete mich darauf vor, das Paket zu öffnen.

Nachdem ich das Papier entfernt hatte, das die äußere Hülle bildete, fand ich eine Blechdose, deren Deckel sorgfältig festgelötet war. Wie der Leser bereits weiß, hatte ich mein Messer verloren oder verlegt und hatte daher nichts, womit ich die Schachtel öffnen konnte. Meine Enttäuschung war groß. Es war zu einem so heiligen Gegenstand geworden, dass ich es nicht wagte, es mit einem Stein zu zertrümmern, was ich aus diesem Grund unterließ, und aus dem weiteren Grund, weil ich seinen Inhalt nicht kannte und befürchtete, ihn durch eine solche Operation zu beschädigen.

Zu diesem Zeitpunkt wurde ich von einem Geräusch hinter mir im Wald angezogen. Meine Neugier überwog meine Enttäuschung und ich eilte los, um die Ursache der Störung herauszufinden.

In einer kleinen Schlucht sah ich zwei monströse Hirsche im Kampf. Sie stürmten mit solcher Kraft zusammen, dass der Schlag ihrer Geweihe Feuerströme hervorschleudern ließ. Obwohl ich ganz in ihrer Nähe stand, waren sie so darauf bedacht, sich gegenseitig zu vernichten, dass sie meine Anwesenheit nicht bemerkten.

Als ich den Kampf beobachtete, kam mir ein glücklicher Gedanke.

Ich war von Natur aus sehr flink, und als die Hirsche zum nächsten Angriff zusammenkamen, hielt ich meine Kiste so, dass ein Feuerstrahl aus ihren Geweihen auf das Lötzinn auf einer Seite des Deckels traf, und die Hitze war so groß, dass das Lötzinn schnell schmolz und auf den Boden lief. Indem ich

die andere Seite und die Enden schnell nacheinander drehte, ließ ich meine
wütenden Freunde bald hinter mir, denn das waren sie für mich gewesen,
und begab mich mit dem Deckel in der einen und der Kiste in der anderen
Hand in meinen Unterschlupf.

Ich setzte mich auf einen Baumstamm, der, wie ich jetzt sagen kann, am Rand
einer Klippe lag, obwohl ich zu diesem Zeitpunkt so sehr in die Lösung des
Rätsels vertieft war, dass ich dies nicht bemerkte.

Das Erste, was ich in der Kiste fand, war ein sorgfältig gefaltetes Blatt Papier,
das genau hineinpasste. Gerade als ich es herausgezogen hatte, stach mich
ein Insekt, wahrscheinlich eine Wespe oder eine Wespe, so heftig in den Fuß,
dass ich das Glied mit so viel Schwung hob, dass ich mich rückwärts vom
Baumstamm über den Abgrund warf.

Um meinen Weg durch das Unterholz zu stoppen, hatte ich die Schachtel
und auch das Papier losgelassen. Ich verfing mich an einer Wurzel und hielt
mich fest, so dass ich zwischen Himmel und Erde schwebte. Als ich mich
umsah, sah ich, wie das Papier von einer Windböe davongetragen wurde und
eine Richtung einschlug, in die ich nicht wusste, wohin.

Ich blickte mit sehnsüchtigen Augen darauf. Doch meine Sehnsucht wurde von Entschlossenheit abgelöst, als ich mich an meinen Bogen und meine Pfeile erinnerte, die ich immer bei mir trug.

Ich richtete schnell einen schweren Pfeil aus und schickte den Bolzen vorwärts. Ich wollte das Papier nicht zerreißen; denn wenn ich das tue, könnte ich die darin enthaltene Botschaft zerstören. Die große Entfernung, über die das Papier geflogen war, begünstigte mich dabei, dies zu vermeiden. Ich hatte dem Pfeil eine so ordentliche Aufwärtskurve gegeben, dass er sanft auf dem Papier landete und ihn allein durch den Druck seines eigenen Gewichts sanft auf die Erde trug.

Um mich aus meinem Dilemma zu befreien und das Papier zurückzugewinnen, habe ich mir vorgenommen, und es war bald geschafft; Denn als ich feststellte, dass sich die Wurzel, auf der ich mich niedergelassen hatte, über eine weite Strecke entlang der Klippe erstreckte, brauchte ich nur ein Ende davon abzuschneiden und daran herunterzuklettern, während es in der Luft hing.

III

Es wird gezeigt, wie die mütterlichen Versuche von Dame Nature, die richtigen Impulse eines Jugendlichen zu vereiteln, in den erzählten Fällen erfolglos blieben. Außerdem gibt es verschiedene Anekdoten aus der Geschichte, die sicherlich für Abenteuerlustige und Energiegeladene von Interesse sein werden, und zeigt, dass der wirklich Geniale nie um ein Hilfsmittel mangelt, das ihn über die größten Hindernisse hinwegführt.

Wieder einmal stand ich auf festem Boden und legte mit Hilfe meines Kompasses meinen Kurs in Richtung der Zeitung fest.

Ich hatte auf meiner Reise nicht länger als zwei Stunden gereist, als ich auf einen großen Fluss stieß. Da ich nie schwimmen gelernt hatte, war ich einen Moment lang sehr verärgert, bis ich ein riesiges Krokodil am Ufer schlafen sah. Mit einem weiteren meiner Pfeile erledigte ich ein Kaninchen, das ich geschickt häutete und auf das Ende einer langen Stange spuckte.

Ich setzte mich sicher auf den Rücken des schlafenden Sauriers und wirbelte den Kadaver des Kaninchens sanft vor seinen Nasenlöchern herum. Er erwachte ruckartig und riss sein fürchterliches Maul auf, um den verlockenden Leckerbissen zu schnappen. Aber ich war auf ihn vorbereitet und hielt den Köder in einer solchen Position, dass er beim Versuch, ihn zu sichern, ins Wasser sprang und mich sicher auf die andere Seite trug, wo ich ihn umdrehte, das Kaninchen ins Wasser warf, gleichzeitig abstieg und weitereilte.

Ich hatte noch mehrere Meilen vor mir, war jedoch erschöpft und hätte mich gern hingelegt, um mich auszuruhen, wenn mich nicht die Erinnerung an das wertvolle Dokument dazu angestachelt hätte, weiterzugehen.

Ich legte erneut meinen Kurs fest – denn ich hatte ihn auf der Suche nach einer guten Landemöglichkeit für mein Schiff leicht geändert – und fuhr fort.

Der Schmerz durch das Gift, das das Insekt in meinen Fuß hinterlassen hatte, wurde schnell so stark, dass ich mich hinsetzen und ausruhen musste.

Ich war eine lange Strecke gereist und überblickte nun das Land von einem anderen Abgrund aus. Ich kann meine Freude nicht beschreiben, als ich mit Hilfe meines prächtigen Fernglases das Papier mit dem Pfeil darauf entdecken konnte. Es war noch weit entfernt und in direkter Linie, und ich hätte den Berg umrunden oder über seinen Gipfel gehen müssen, bevor ich es erreichen konnte.

Als ich mich bestürzt umsah, entdeckte ich einen riesigen Baumstamm mit einem Durchmesser von mehreren Fuß, auf dem sich eine dünne, zähe Rinde befand. In kurzer Zeit ließ ich ein Stück dieser Rinde entfernen und in die Sonne tragen. Da es grün war, legte ich es mit der gebogenen Seite nach oben, und als die Wärme der Sonne es flach und glatt gemacht hatte, schob ich es an den Rand des Abgrunds und warf es mit Hilfe einer langen Stange darauf Luft, ich selbst sitze ruhig in der Mitte. Ich hatte einen langen, schmalen Streifen derselben Rinde bereitgestellt, den ich nun als Ruder benutzte. Mit Hilfe dieser einfachen Vorrichtung segelte ich zum unmittelbaren Ort meines Schatzes.

Als ich mich direkt darüber befand, übernahm ich die Taktik des Vogels, drehte mein Ruder um und drückte es nieder, um so mein Luftschiff sanft und leise mit der gewünschten Geschwindigkeit und an der gewünschten Stelle anzuhalten.

Ich sagte, ich sei leise gelandet. Das ist nicht ganz richtig, und ich habe nicht die Absicht, auch nur im geringsten ungenau zu sein.

Vielleicht habe ich das Ruder zu schnell gedrückt, oder vielleicht habe ich die Neigung meines Flugzeugs falsch eingeschätzt. Wie dem auch sei, ich muss einen Windstoß erzeugt haben, denn ich sah, wie das Ding, das ich so sehr suchte, mit großer Geschwindigkeit davonflog.

Ich band schnell zwei Pfeile zusammen, da ich nicht auf mein vorheriges Experiment zurückgreifen konnte, da das Papier aufstieg und nicht weit genug entfernt war. Die Kraft der Luft hatte es gerade gebogen und es flog davon, so wie ich nach unten geflogen war. Ich wollte das Papier immer noch nicht beschädigen und zielte daher so sorgfältig und genau, dass die Pfeile das Papier so trafen, dass es zwischen ihnen hindurchging und sicher auf die Erde fiel.

Als ich dorthin ging, wo es hingefallen war, stellte ich zu meinem Erstaunen fest, dass es in einem hohlen Baumstumpf gelandet war. Das Loch, in das es gefallen war, war zu klein, als dass ich hineingehen konnte, und zu tief, als dass ich es mit irgendeiner Stange erreichen konnte, die ich zur Hand hatte.

Ich suchte nach einer Möglichkeit, es zu bekommen, denn ich hatte weder Axt noch Säge. Ich setzte mich auf einen Baumstumpf, um zu meditieren, als ich ein Geräusch unter mir hörte. Bei der Untersuchung stellte ich fest, dass der Stumpf hohl war, und als ich mit der Hand hineinfuhr, brachte ich ein schönes, dickes Eichhörnchen zum Vorschein. Da fiel mir ein, dass ich furchtbar hungrig war und gerade dabei war, es als Mahlzeit zuzubereiten, als ich dachte, ich könnte damit zum ersten Mal mein Dokument bekommen.

Ich befestigte das Eichhörnchen sicher an einer langen Schnur, die ich immer bei mir trug, und kletterte auf einen anderen Baum, in den ich das Eindringen von Bienen bemerkt hatte. Ich nahm einen Stock und steckte ihn in das Loch, und durch geschicktes Hin- und Herdrehen sicherte ich mir eine Menge köstlichen Honigs. Damit gab ich meinem Eichhörnchen einen Mantel und trug es zur Spitze des Baumstumpfs, wo ich es an der Öffnung des Lochs freiließ, in das es sofort mit großer Bereitwilligkeit eintrat. Ich war zu dem Schluss gekommen, dass das Loch größer wurde, je tiefer es ging, und als er weit genug unten war, riss ich das Seil mit solcher Geschicklichkeit, dass ich mich aus seinem Griff löste, ihn auf den Boden des Lochs fallen ließ und ihn dort hin und her hüpfen ließ. Als ich ihn herauszog, was mir sehr mühsam, aber ohne große Mühe gelang, da er etwas benommen war und keinen Widerstand leistete, stellte ich fest, dass das kostbare Papier an ihm klebte. Mit großer Befriedigung nahm ich es heraus und steckte es in meine Innentasche.

Dann genoss ich meine Mahlzeit mit gebratenem Eichhörnchen, Honig und einigen Ofenkartoffeln. Letztere waren klein, da die großen wahrscheinlich zu schwer waren, um am Fell des Eichhörnchens zu kleben. Wie oder von wem sie an dieser Stelle deponiert worden waren, habe ich nicht weiter untersucht.

Nachdem ich meine Mahlzeit genossen hatte, las ich die Nachricht, die wie folgt lautete:

Mein lieber Sohn:

Sie sind jetzt im Zeitalter der Diskretion angekommen. Sie haben zweifellos gelernt, dass „die Wahrheit seltsamer ist als Fiktion", und haben wahrscheinlich selbst viele seltsame Erfahrungen gemacht. Mein Vater hat mir ein Geheimnis hinterlassen, das ich wegen der strengen Vorstellungen deiner süßen Mutter nie preiszugeben gewagt habe. Es bleibt daher Ihnen überlassen, es auszunutzen.

In der Wüste Sahara, in der Oase Tel Ali, wächst ein Haufen riesiger Palmen, auf deren Spitze sich ein großes Ei befindet.

Sichern Sie sich dieses Ei und Sie werden Ihre Belohnung darauf finden.

Deine Zuneigung

VATER.

Nachdem ich kurz darüber nachgedacht hatte, berief ich mich auf meine Erfahrung mit der Rinde des Baumes.

Ich begab mich an die bergige Küste und konstruierte eine geräumigere und präzisere Windrodelbahn. Während ich darauf wartete, dass ein starker Wind aus der richtigen Richtung wehte, setzte ich die Segel.

Da ich im Umgang mit einem solchen Fahrzeug unerfahren war und mir der Wind heftig um die Zähne wehte, befand ich mich bald so hoch über der Erde, dass ich kaum genug von der Lage des Landes und des Wassers erkennen konnte an dem ich mich orientieren kann. Tatsächlich war ich so schnell unterwegs, dass ich über der Sahara-Wüste segelte, bevor ich damit gerechnet hatte, sie gesichtet zu haben

Möglicherweise brauchte ich mehrere Tage für die Reise und infolge der Aufregung verging die Zeit so schnell, dass ich mich in die Irre führte. Denn so hoch über der Erde befand ich mich im ständigen Sonnenlicht, und ich bin sicher, dass die Sonne während der Überfahrt nicht unterging.

Mir fällt jetzt ein, dass es wahrscheinlich daran lag, dass meine Geschwindigkeit, als ich von der Pazifikküste startete und nach Westen reiste, einfach der Geschwindigkeit der Erde auf ihrer Ostwärtsbewegung entsprach.

Als ich mich zum Abstieg entschloss, war ich gezwungen, einen Kreiskurs zu fliegen, um nicht zu schnell herunterzukommen.

Ich hatte die Wüste mit Hilfe meines mitgebrachten Teleskops nach den Palmen abgesucht, die mein Vater erwähnt hatte, da ich das Fernglas für diesen Zweck als zu klein erachtete.

Bald erkannte ich drei monströse Bäume, die anscheinend nur eine Spitze hatten. Da ich auf der Oberfläche dieses Sandozeans kein anderes Objekt gleicher oder ähnlicher Art fand, nahm ich richtig an, dass ich den richtigen Punkt entdeckt hatte, und manövrierte mein Schiff so, dass ich ihn leicht erreichen konnte, als ich unter mir eine Horde wild gestikulierender Wüstenkrieger bemerkte. All dies konnte ich mit meinem Teleskop sehen, da ich noch zu weit über der Erdoberfläche war, um die Entdeckung mit bloßem Auge machen zu können.

Ich ließ mich durch diese Entdeckung nicht im Geringsten entmutigen und setzte meinen Abstieg fort.

Die Schnelligkeit der Tiere, die diese Nomaden trugen, war erstaunlich, denn obwohl ich schneller reiste als der Wind, schienen sie immer unter meinem Wagen zu sein und ihre Zahl nahm zu.

Ab und zu konnte ich eine Rauchwolke sehen und eine kleine Explosion hören, aber es störte mich nicht.

Ich kam tiefer, tiefer, und als ich nur noch wenige hundert Fuß über dem Boden war, hörte ich ein gewaltiges Hagelgeräusch. Der Himmel war ruhig und klar. Dann habe ich die Ursache entdeckt. Es war das Prasseln der Kugeln dieser Araber auf dem Boden meines Schiffes. Ich hatte mich klugerweise vor etwaigen Schäden durch solche Dinge geschützt, indem ich die Unterseite meines Wagens mit einer Stahlschicht überzogen hatte.

Als sie alle ihre Munition weggeschossen hatten und sahen, dass ich immer noch herabstieg und ihnen nicht mehr Beachtung schenkte als dem Wind, fielen sie betend auf ihre Gesichter und hoben ihre Köpfe nicht vom Boden, selbst als ich hereinkam in ihrer Mitte, was ich gerade tat.

V

Die Entdeckung des Riesenhirns, seine Botschaft an mich, meine Suche nach dem Schatz, den es für mich gefunden hatte, die Erforschung des Nordpols – all dies wird in geschichtlicher Abfolge als Einleitung zu den wahren Abenteuern geschildert, die später in der richtigen Reihenfolge ausführlich beschrieben werden.

Als ich direkt auf die drei Bäume zuging, machten die Anbeter mir mechanisch Platz; doch als ich auf einen der Bäume kletterte, ertönte ein lauter Ausruf. Die Anzahl der Stimmen war so groß, dass das Rollen des Geräusches wie ein schrecklicher Donner klang und die Bäume so erzittern ließ, dass ich den Halt verloren und gestürzt wäre, wenn ich mir nicht geeignete Baumkletterer besorgt hätte.

Ich blickte auf die Menge hinab, deren Köpfe erhoben waren, und sie verneigten sich so schnell und einmütig, dass sie beim Aufprall auf den Boden eine viel heftigere Erschütterung und Vibration verursachten, als es ihre Stimmen getan hatten.

Als es nun dämmerte, brachte ich den Gürtel, den ich vorbereitet hatte, zur Requirierung. Es war aus Glas und mit Gas gefüllt, und indem ich einen elektrischen Strom aus meiner Batterie, die ich in meiner Gesäßtasche trug, hindurchschicken ließ, entstand sofort ein helles Licht um meine Taille, das es mir ermöglichte, zu sehen, was ich tat.

Ein oder zwei Wagemutige hatten wahrscheinlich die Beleuchtung beobachtet und die Tatsache der gesamten Versammlung mitgeteilt; denn die Ehrfurcht, mit der sie mich ansahen, war so groß, dass sie mich fest an den Baum drückte.

Durch eine sehr einfache Vorrichtung, die darin bestand, drei Abteilungen unterschiedlicher Farbe zu haben – Rot, Weiß und Blau – und den Strom schnell von einer zur anderen zu wechseln, war die Wirkung auf meine Anbeter so groß, dass sie gelähmt waren und sie umfielen wie Lumpen und befreiten mich so vom Druck ihrer Blicke.

Dann konnte ich nach oben gehen und befand mich bald in einem großen Nest, wie es mein Vater beschrieben hatte. Darin befand sich ein sehr schwarzer Gegenstand, der bei näherer Betrachtung ein wenig wie ein abgeflachtes Ei aussah – in Längsrichtung abgeflacht. Bei noch näherer Betrachtung fiel mir die Ähnlichkeit mit einem gigantischen Menschenkopf so auf, dass ich vermutete, dass sich darunter der Körper eines Menschen befand, dessen Kopf nur hervorragte, und dass es sich bei dem, was ich für ein Nest gehalten hatte, in Wirklichkeit handelte eine Art Kopfbedeckung.

Als ich jedoch meine Hand daneben legte, stellte ich fest, dass ich es ganz leicht hochheben konnte und dass sich kein Mann darunter befand oder daran befestigt war. Dann sah ich die Ähnlichkeit im Aussehen mit einem menschlichen Gehirn deutlicher. Beim Schütteln entdeckte ich keinerlei Hinweise auf einen Inhalt. Außerdem fühlte es sich sehr hart an, sodass ich es nicht schaffte, mit irgendetwas, was ich zur Hand hatte, eine Vertiefung hineinzudrücken.

Es war so groß, dass ich es kaum mit beiden Armen umfassen konnte, als ich mich darauf vorbereitete, es auf den Boden zu bringen. Wie ich damit klarkommen sollte, konnte ich mir keinen Augenblick vorstellen. Als ich am Rand des Nestes stand und überlegte, wie ich absteigen sollte, rutschte es mir aus den Händen und fiel mit großer Wucht auf einen Felsen.

Als meine Zuhörer mich mit diesem Ding in meinen Armen sahen, standen sie mit einer solchen Präzision in der Bewegung auf, dass es schien, als wären sie alle aneinander befestigt und würden durch einen einzigen elektrischen Knopf betätigt, und als es herunterfiel, rannten diejenigen, die am nächsten standen, mit solcher Wucht zurück, dass sie zu zehn oder fünfzehn zusammengestapelt waren tief, bevor sie sehr weit kommen konnten.

Ich stieg sofort hinab und ergriff meine Beute, die ich eingehend untersuchte und entdeckte, dass darin offene Nähte waren, genau wie im Schädel eines Menschen, und mit sehr wenig Schwierigkeiten konnte ich den Schädel bald entfernen – denn das stellte sich nun heraus , und auf meinem Schoß lag etwas, das in Wirklichkeit ein Mammutgehirn war.

Eine Besonderheit verleitete mich dazu, es kritisch zu untersuchen, was ich mit dem Okular meines Teleskops tat.

Beurteilen Sie meine Überraschung, wenn Sie das können, als ich auf jedem Vorsprung dieses Gehirns ein Bild von guter Größe sah (dank meines Mikroskops) und ich war tief in das Studium vertieft.

Als ich das Glas hin und her bewegte, schien es mir bewusst zu sein, dass ich etwas hörte, was sich, wie ich bald herausfand, nichts anderes als die Wellen des Lichts in dem Teil des Gehirns war, den ich gerade untersuchte. Schließlich kam ich zu dem Schluss, dass das, was ich wirklich hörte, Botschaften dieses Gehirns an jemanden waren; aber wenn ja, dann in einer mir unbekannten Sprache, obwohl ich gestehe, dass ich ein gewisser Linguist bin. Es war sicherlich eine sehr tote Zunge, ebenso wie es ein sehr totes Gehirn war.

Als ich aufblickte, sah ich jemanden vor mir, der, wie ich später erfuhr, der Scheich des Stammes war, der mich umgab. Ich bedeutete ihm, sich neben mich zu setzen, und indem ich das Glas dort hielt, wo ich es hingestellt hatte, zeigte ich ihm meinen Wunsch, dass er hindurchsehen sollte.

Er starrte mich so lange an und war so aufgeregt, dass ich zu befürchten begann, er würde alles in sich aufnehmen, und von dieser Angst getrieben rief ich: „Wann!"

Das erschreckte ihn etwas, denn er sprang überrascht zurück.

Nachdem er mich einige Augenblicke schweigend angeschaut hatte, fragte er:

"Sprechen Sie Englisch?"

Ich bejahte dies und bat ihn, mir zu erzählen, was er gesehen oder gehört hatte, als er durch das Glas geschaut hatte.

Daraufhin sprach er wie folgt, was ich in Kurzschrift wörtlich und wörtlich wiedergab, da ich diese Kunst einst als Junge von Sir Isaac Pitman erlernt hatte:

„O du vom Himmel, dessen Flug schneller ist als der des alten Adlers; dessen Bewegungen anmutiger sind als die des jungen Rehkitzes bei Tagesanbruch; dessen Handlungen so geräuschlos sind wie der Kuss des Taus auf die Tulpe; dessen Stimme so süß ist wie das Murmeln des Baches; deren Antlitz so herrlich ist wie der vollgewandete Himmelskörper der Nacht, wenn sie von ihrem östlichen Lager aufsteht; dessen Geist so brillant ist wie das Funkeln der Milchstraße;

„Oh, höre auf die Worte deines Dieners, der vor dir kniet und die Ehre spürt, die ein Monarch seinem Untertanen schenkt; wessen rechte Hand und wessen linke Hand; wessen rechter Fuß und wessen linker Fuß; wessen rechtes Ohr und wessen linkes Ohr; wessen rechtes Auge und wessen linkes Auge; dessen rechtes Nasenloch und dessen linkes Nasenloch dir zu Diensten stehen sollen; dessen Mund deine Botschaften verkünden wird; dessen Geist deine Gedanken denken wird – dein Diener der Wüste, We Ali.

„O, höre auf die Worte, die er zu dir spricht; denn es sind nicht die Worte seiner schwachen Zunge; sie sind nicht die Bilder seiner ohnmächtigen Gedanken.

„Oh, hör auf seine Worte.

„O, höre auf die Worte, die dir von jeher kommen; die zu dir allein kommen; die dir ein Geheimnis verraten, das kein anderer Mensch wissen darf.

„Oh, hör auf die Worte.

„Oh, höre auf die Worte, die deinem Diener, We Ali, durch seine Augen ins Ohr kamen, als er in dieses magische Glas blickte, das deine Hand hervorgebracht hat.

„Das sind die Worte.

„Oh, hör zu.

„O, höre zu und lerne: In den Bergen Sibiriens ist ein Ort; tief im Boden liegt ein Schatz; ein Schatz, der unvorstellbar reich ist; unbeschreiblich mächtig; Da liegt ein Schatz, und er gehört dir.

„Oh, höre: Wenn du dich dem Ort näherst, wirst du ihn an seiner furchterregenden Macht erkennen; denn er wird Metalle mit großer Vehemenz anziehen."

Wir, Ali, blieben stehen. Ich meditierte. Er wiederholte mir eine Nachricht, die der Besitzer dieses Gehirns erhalten hatte, und er dachte, es sei eine Nachricht an mich.

Mit Hilfe der Araber brachte ich mein Staatsschiff aufs Nest. Bald kam ein großer Simun aus dem Norden und ich segelte davon.

Während ich weiterging, fiel mir das Atmen wegen der Kälte der Luft und der Geschwindigkeit, mit der ich reiste, sehr schwer. Aber ich hatte mich darauf vorbereitet und hatte eine Rohrspirale dabei, unter der ich eine Spirituslampe anzündete. Daraufhin kam ich sehr gut durch das Atmen durch dieses Rohr zurecht, da die Luft durch die Lampe ausreichend erwärmt wurde, um mir das Atmen zu erleichtern.

Die Nadel meines Kompasses war nach unten gezogen; Aber bevor ich mein Fahrzeug anhalten konnte, hatte ich den Nordpol erreicht, gegen den ich mit solcher Wucht prallte, dass er zerschmetterte und mich stürzte. Bei diesem Sturz wäre ich getötet worden, wenn nicht Tausende gewesen wären von Eisbären, die sich schlafend um die Stange schmiegten und auf die ich fiel. Mein Flugzeug wurde jedoch aufgrund seines Stahlmantels nicht beschädigt.

VI

Die wahrheitsgetreue Aussage über den Mechanismus des Nordpols; der Monster-Gimlet; der Flug zum Saturn; die Rasse mit abnehmbaren Gehirnen; die Eierherzen; Menschen, die ohne Essen leben; und die Entdeckung des schillernden Schatzes werden hier in kategorischer Fülle wiedergegeben.

Die Richtung meines Kompasses zeigte jetzt nach Süden.

Ich entdeckte, dass die schlafenden Bären in Wirklichkeit tote waren. Ich habe es auf diese Weise gelernt.

Ich sah in einiger Entfernung zwei lebende Bären auf mich zukommen, die einen weiteren Bären zwischen sich herzogen, den sie zum Pol brachten und dagegen stellten.

Das weckte meine Neugier und bei näherer Betrachtung stellte ich fest, dass das Rätsel um die Leichtigkeit, mit der sich die Erde drehte, gelöst war. Die Bären waren sehr fett, und als sie eng an den Pol gedrückt wurden, entzog ihnen die Rotation der Erde nach und nach das Öl, was dazu beitrug, den Pol zu fetten und ihn vor dem Festkleben zu bewahren.

Da es keine Anhöhe gab, von der aus ich mein Schiff starten konnte, weil ich vom Pol abgebrochen war, befand ich mich nur für kurze Zeit in einem Dilemma. Ich erinnerte mich daran, was der gute Shiek, We Ali, mir gesagt hatte, und verlegte einen Draht um meine Maschine, an dem ich meinen Akku befestigte und ihn so in einen Magneten verwandelte.

Wäre der Rest des Pols nicht gewesen, wäre ich auf der anderen Seite der Erde vorbeigeflogen, da ich den Strom versehentlich in die falsche Richtung gelenkt hatte; ich hatte meinen Magneten positiv gemacht, obwohl er negativ hätte sein sollen. Ich korrigierte den Fehler und flog mit großer Geschwindigkeit in Richtung des magnetischen Berges, gegen den ich mit Niederschlag geprallt wäre, wenn meine Geschwindigkeit nicht ausgereicht hätte, um mein Flugzeug in die Luft zu heben, und ich stieg auf den Gipfel des Berges, den ich kaum überflogen hätte, wenn ich den Strom nicht zum richtigen Zeitpunkt freigegeben und ruhig auf dem Gipfel gelandet wäre.

Die magnetische Kraft dieses Berges war so groß, dass mein Kompass zerstört wurde. Die Nadel wurde so heftig nach unten gezogen, dass sie sich verformte. Tatsächlich wurde die Kompassschachtel selbst so heftig nach unten gezogen, dass sie sich ihren Weg durch meine Tasche bahnte und mit einem lauten Geräusch auf den Boden fiel.

Ich war also überzeugt, dass ich mich genau an der Stelle befand, die das versteinerte Gehirn angezeigt hatte. Da ich wusste, dass der Schatz wahrscheinlich noch mehrere hundert Meter entfernt war, machte ich mich daran, ein Gerät zu organisieren, um ihn herauszuholen.

Aus Stahl formte ich einen riesigen Bohrer mit einer sehr langsamen Spirale. Indem ich meine Drähte richtig daran befestigte, machte ich ihn stabil und er begann mit großer Geschwindigkeit in den Boden einzudringen. Schließlich hörte ich, wie er auf einer festen Oberfläche knirschte. Als ich sicher war, dass er nicht tiefer eindrang, kehrte ich die Strömung um und er kam wieder an die Oberfläche; aber er kam mit solcher Geschwindigkeit, dass ich keine Zeit hatte, die Strömung zu stoppen, und er floss weiter hinaus und hinauf und trug mich mit sich zum Saturn, auf den er aufschlug und mit großer Geschwindigkeit hineinschoss, da er während des Durchgangs umgedreht worden war. Wäre nicht einer der Drähte gerissen, hätte ich vermutlich ganz hindurchgetragen werden müssen, auf die andere Seite hinaus und in den Weltraum hinaus. Tatsächlich stoppte er, als ich die Oberfläche betrat. Dieser kleine Vorfall brachte mich zu dem Schluss, dass es auch auf dem Saturn einen magnetischen Berg gibt und ich auf ihn aufschlug, oder vielmehr auf seine Ringe, da ich auf einen von ihnen aufschlug, wie ich später erfuhr.

Ich war völlig überrascht, als ich eine große Anzahl von Schädeln vorbeirollen sah, die denen ähnelten, die ich in der Wüste Sahara gefunden hatte. Bald bildete sich ein Kreis aus diesen merkwürdigen Objekten um mich herum, der mich völlig einschnürte, und ich begann sehr schnell mit der Neujustierung meiner Schnecke, mit dem Ziel, dort kurzfristig herauszukommen, was ich nicht wusste wie weit diese Dinge gehen könnten.

Ich war gerade dabei, den Strom einzuschalten, als die Größte der Gruppe auf meine Füße rollte und schien zu versuchen, mit mir zu kommunizieren. Ich beschloss, die Entwicklungen zumindest eine Zeit lang abzuwarten.

Ich stellte mein Okular ein und richtete es auf die Oberfläche dieses Dings, und es ging mir nicht besser als vorher. Plötzlich rollte es mit hoher Geschwindigkeit davon, und bald sah ich, wie es auf dem Gipfel eines Riesen von schrecklichen Ausmaßen zurückkehrte, und ich hätte sofort den Strom eingeschaltet, aber irgendwie konnte ich es nicht. Ich hatte nicht die geringste Angst, aber etwas an seinem Gesicht hielt mich dort fest. Ich glaube nicht, dass ich wirklich bleiben wollte.

Stellen Sie sich ein Gesicht vor, das nichts weiter als ein Monsterauge ist – kein Mund, keine Nase, keine Ohren – nur ein großes Auge von wunderschöner blauer Farbe.

Ich fühlte mich sofort besser, denn dieses Auge hatte eine solche Kraft, dass ich keine Probleme hatte, seine Botschaften zu verstehen. Es schien auch, als verstand es meine Gedanken perfekt, und schon bald konnten wir uns frei verständigen.

Ich erfuhr, dass dies die Menschen waren, die den äußeren Ring des Saturn bewohnten; dass sie ihren Körper nur benutzten, wenn sie große Entfernungen zurücklegten wollten. Sie haben nie etwas gegessen; habe nie etwas getrunken; nur durch Vibrationen miteinander kommunizieren. Ihre Gedanken lösten im Äther Schwingungen aus, die sich sofort auf alle ihre Gehirne auswirkten. Ich gewöhnte mich so sehr an ihre Art zu reden, dass ich nur noch selten sprach und nur durch Gedanken kommunizierte. Tatsächlich war das Sprechen völlig nutzlos, und wenn ich lange genug dort geblieben wäre, hätte ich zweifellos vergessen, wie man spricht.

Sie brachten mich zu einem der anderen Ringe, wo ein noch seltsameres Volk lebte, denn sie hatten überhaupt keine Köpfe. Anstelle dieses Schmucks hatten sie nur einen starken Arm, an dessen Ende sich eine sehr kleine Hand befand. Ansonsten wären sie wie gewöhnliche Sterbliche, wenn sie verkleidet wären. So wie es war, waren sie nichts weiter als Muskeln, Venen und Knochen.

Sie hatten die Form eines Herzens, das einem durchsichtigen Gänseei ähnelte. Sie kommunizierten miteinander über die Bewegungen des Blutes in diesem Ei, die sie erkannten, indem sie das Ei des anderen Gefährten ergriffen und die Blutblase spürten. Sie hatten keine Lungen und erhielten ihre Lebenskraft durch Absorption aus der Atmosphäre. Es war absolut lächerlich, einige dieser seltsamen Menschen lachen zu sehen, und sie schienen sehr fröhlich zu sein. Das Blut strömte in solchen Momenten gewaltig hervor, und sie verdrehten den einen Arm auf die merkwürdigste Art und Weise. Ich habe vergessen zu erwähnen, dass sie ihre Maschine, wenn ich den Ausdruck verwenden darf, nach dem Sanduhrprinzip betrieben haben. Das Blut floss durch ein Loch in einer mittleren Trennwand von einer Seite zur anderen, und wenn alles in die untere Kammer gelangte, ergriff die Hand es und drehte die andere Seite nach oben.

Wirklich erstaunt war ich aber nicht, bis ich den Körper des Saturn betrat.

Dort fand ich ein Volk, das uns sehr ähnlich war; tatsächlich sahen sie genauso aus wie wir, aber sie aßen und tranken nicht, und ich konnte kaum verstehen, wie sie existierten, da sie alle Teile eines menschlichen Körpers zu besitzen schienen. Sie waren auch nicht unsterblich, denn ihre Gewohnheiten und ihr Lebensstil waren sehr auffällig.

Ich sah eine Anzahl dieser Leute in einer Reihe stehen. Ein anderer hatte eine Pumpe an einem Rohr befestigt, das in einen Teich mit leuchtend roter Flüssigkeit führte. Wenn einer auftauchte, steckte er die Düse seiner Pumpe unter seinen linken Arm und füllte ihn auf. Dann erfuhr ich, dass ihre Herzen zweimal täglich mit frischem Blut gefüllt wurden, das in zahllosen Quellen überall auf der Oberfläche des Saturns zu finden war. Durch diese häufige

Auffüllung des Systems mit frischem Blut wurden alle Krankheiten vermieden.

Es kam dort gelegentlich vor, so wurde mir gesagt, dass ein Bösewicht in einen anderen Teil des Landes ging und ein wenig von dem Blut, das in die Diener oder Schwarzen gepumpt wurde, mitbrachte und es in die Quelle goss, wo die anderen Leute nachfüllten. In diesem Fall würden die Menschen, die diese verdorbene Quelle genutzt haben, für eine Weile gesichtet werden, ebenso wie derjenige, der sie genutzt hat. Sobald die Flecken auftraten, verschwanden die Schönheitsfehler nach und nach durch den Wechsel zu einer anderen reinen Quelle.

Für die verschiedenen Tiere gab es Federn, was mir zunächst eigenartig vorkam; Aber ich erfuhr, dass es sich bei den verschiedenen Tieren um dieselben Menschen handelte, die an sich selbst Experimente mit unterschiedlichen Blutarten versuchten.

Eines der wunderbaren Dinge am Saturn war die Tatsache, dass es dort keine Nacht gab und die Leuchtkraft der Ringe so groß war, dass es einen ewigen Tag gab; Daher haben die Menschen dort nie geschlafen.

Eine weitere Tatsache, die meine Aufmerksamkeit erregte, war, dass es im Zentrum des Saturn keine Hitze gab und dass sich alles auf der Oberfläche befand; deshalb gab es keinen Winter; einfach ewiger Frühling. Die Bewohner sagten mir, Saturn sei noch nicht alt genug, als dass die Hitze bis ins Zentrum vorgedrungen sei; dass es ein junger Planet war; Als der älteste Bewohner ein Kind war, war es nicht einmal notwendig, ihm Blut ins Herz zu injizieren.

Daher war ich davon überzeugt, dass sie aller Wahrscheinlichkeit nach letztendlich unseren Zustand der Perfektion erreichen würden.

Es war ziemlich amüsant, ihre Bestürzung zu beobachten, als ich um etwas zu essen und zu trinken bat. Sie wussten nichts davon und dachten, ich wollte etwas zum Anziehen oder einen Wagen oder irgendetwas anderes als ein Mittagessen.

Als ich eine Reihe von Bäumen fand, die sehr schöne Äpfel trugen, und eine Quelle mit klarem Wasser, begann ich zu essen und zu trinken, wo sie sich so dicht um mich drängten, und die äußeren drückten mit solchem Eifer, dass die inneren schließlich auf mich gedrückt wurden, und ich war fast erstickt und zerquetscht.

Schließlich kehrte ich zu meiner Schnecke zurück, drehte den Strom um und war froh, dass ich wieder mit hoher Geschwindigkeit auf die Erde zusteuerte.

Wie zuvor wurde das Instrument während des Transports umgedreht und schlug an derselben Stelle ein; aber dieses Mal hatte ich die Geistesgegenwart, es an der Oberfläche zu stoppen.

Ich betrachtete die große Spirale, die es gebildet hatte, und ging hinunter. Den ganzen Weg hinunter – und es war keine große Strecke, das kann ich Ihnen sagen – hatte ich keine Schwierigkeiten zu sehen, wohin ich meine Füße setzen sollte, denn es war vollkommen hell. Das verwirrte mich, da ich erwartet hatte, dass es umso dunkler werden würde, je tiefer ich ging. Das Gegenteil erwies sich als wahr; so wahr, dass, als ich unten ankam, das Licht so blendend war, dass ich gezwungen war, meine Augen alle paar Augenblicke abzuschirmen. Als sie sich an die Helligkeit gewöhnt hatten, entdeckte ich die Ursache dafür.

Der Bohrer hatte einen großen Raum in ein massives Bett aus Diamanten gebohrt. Das Seltsamste daran war jedoch, dass er durch seine schnellen Umdrehungen alle Diamanten in die richtige Form für die Fassung geschnitten hatte. Dies erklärte die extreme Helligkeit des Lichts; es waren nur die Reflexionen der unzähligen Edelsteine.

Als ich mich in meiner glitzernden Umgebung eingemauert hatte, ging ich der Sache auf den Grund und fand in einem kleinen Loch an einer der Seiten der Wohnung eine sehr schöne Schachtel.

In dieser Box habe ich folgende Dokumente gefunden:

VII

Darin gebe ich den Inhalt eines der Dokumente an, die ich in der Kiste gefunden habe und die aus mehreren Erzählungen bestehen, in denen Ka In sich aus einem Dilemma befreit und unsere angenehmen und angenehmen Jahreszeiten hervorbringt; der Ursprung der Eiszeit; die wahre, aber wenig bekannte Ursache der Großen Sintflut; die Liebenden mit den schrecklichen Augen und die kunstvollen Mädchen; der Ursprung der Rasur des Gesichts und des Haareschneidens; der Turmbau zu Babel. Ich verfolge auch meine Genealogie von Ka In bis zu Li Ur, der dieses Dokument geschrieben hat.

OBWOHL ich alle bekannten Sprachen bei allen namhaften Lehrern studiert und mir ihre richtige Aussprache angeeignet habe, indem ich jede Sprache in all ihren Dialekten mit den Menschen gesprochen habe, die sie von Natur aus verwenden, war ich gezwungen, die folgenden Dokumente zu übersetzen. Dabei wende ich mein breites und vielfältiges Wissen über die Redewendungen der zahlreichen Klassen an, mit denen ich in Kontakt gekommen bin.

Ich habe mir in einigen Fällen die Freiheit genommen, die dürftige Sprache des Originals durch „Ausfüllungen" zu verschönern, und bin überzeugt, dass man mir dies verzeihen wird, wenn man versteht, wie viel Interessantes dadurch zur Erzählung hinzugefügt wurde. Dennoch habe ich versucht, die Originalität der Ausdrucksweise und der Satzstellung beizubehalten.

ERSTES DOKUMENT

Li Ur, ein Riese, der Sohn von Li Ing, der Sohn von Tru Thless, der Sohn von Fal Seh Ood, der Sohn von Pur Jur Ri, der Sohn von Fa Kir, der etwa zur Zeit der Sintflut lebte, der Sohn von Fa Bel, der Sohn von Ka In, dem Patriarchen, sendet allen Schülern der Welt und damit ihrer Geschichte Grüße und bittet alle, die folgenden Wissenshäppchen, Informationen und Glaubenssätze aus den Schriften meiner Väter zu beachten, darüber nachzudenken, zu bedenken und gründlich zu bedenken.

Hört also zu und profitiert von den Äußerungen, die nichts anderes als beglaubigte und zweifelsfreie wörtliche Berichte von erfahrenen Stenografen sind, die die Worte so wiedergaben, wie sie von den Lippen meiner Vorfahren fielen. So schnell wurden sie gesprochen und so flink waren die oben genannten Schreiber, dass viele Bände in wenigen Augenblicken gesprochen und niedergeschrieben wurden.

Erste Erzählung

Die erste meiner Erzählungen besteht aus folgenden Worten und Bildern, nämlich:

In den Tagen, als es keinen Schaden gab im Inneren, auf, um, um, über und unter, im oder außerhalb des Landes, des Meeres, der Wolken oder der Luft, gab es einen Riesen, der mein entfernter Vorfahre war. Dieser Riese, dessen Name Ka In war, erntete Getreide und ähnliche Samen. So geschah es, nachdem er etwa tausend Jahre lang morgens, mittags und abends gearbeitet hatte, war sein Geist von dem schrecklichen Gedanken beeindruckt, dass er wahrscheinlich gezwungen sein würde, dies bis in alle Ewigkeit fortzusetzen, wenn nicht eine Änderung beschlossen und in die Tat umgesetzt würde; denn von einem Jahresende bis zum nächsten Jahresende gab es auf dem ganzen Land nur eine Art, Qualität oder einen einzigen Wetterzustand. Es gab auch keinen Regen, während dessen er sich ausruhen konnte; Sobald eine Ernte reif war, begann eine andere und forderte seine Aufmerksamkeit. Es gab auch keinen Winter, in dem er seine verschwendeten Kräfte und Energien auftanken konnte.

Also setzte er sich auf die Dreschmaschine und dachte und dachte und dachte und dachte. Dann erhob er sich, wobei sich in seinem Gesicht viel Entschlossenheit zeigte, und bewegte sich rasch auf den Nordpol zu; denn er liebte die Sterne und kannte sie alle beim Namen. Er legte einen großen Hebel an den Pol und zog ihn mit all seiner gewaltigen Kraft weg und kippte den Pol um, damit er nicht immer auf die gleiche Stelle am Himmel zeigte und die Sonne nicht immer auf die Ebenen schien.

So kam es, dass er die Hälfte des Jahres Ruhe hatte.

Dies überraschte die anderen Bewohner der Erde so sehr, dass sie es überhaupt nicht verstehen konnten und nie gewusst hätten, was den Wechsel von einer auf vier Jahreszeiten bewirkt hätte, wenn Ka In nicht mit seinem Bruder in einen Streit geraten wäre, bei dem er die Katze rausgelassen hätte die Tasche. Als er feststellte, dass sein Bruder seiner Frau erzählt hatte, was er gesagt hatte, erwischte er ihn eines Tages dabei, wie er auf dem Feld ein Feuer anzündete und seiner Gottheit ein Opfer darbrachte, was dazu führte, dass er für den Rest seines natürlichen Lebens nicht mehr atmete.

Zweite Erzählung

Die zweite Erzählung ist noch wunderbarer und bezieht sich auf denselben Vorfahren, der ein Mann mit berühmten Leistungen war.

Es geschah auf folgende Weise: Da ihn die Geschichten, die durch die Frau seines Bruders in Umlauf gekommen waren, so sehr verärgerten, ließ er mit dem eisigen Blick seines verächtlichen Auges die Erde erstarren. Und als die Menschen am Kreisverkehr so taten, als ob sie glaubten, dies sei das Beste, was ihnen seit mehreren hundert Jahren widerfahren war, wurde er vor Wut so hitzig und benutzte so heftig eine so warme Sprache, dass das Fieber seines Atems plötzlich das ganze Eis schmolz , sowohl auf der Erde – denn das Wasser der Tiefe lag unter dem Eis und zu seinem großen Missfallen wurden täglich Karnevale abgehalten –, aber auch in den Wolken, die feste Brocken gefrorener Feuchtigkeit waren, die starr am Himmel gehalten wurden. Und so geschah es, dass die Luft von starkem Regen erfüllt war und die Erde dadurch überschwemmt wurde, und niemand außer Fa Kir entkam, der zum Nordpol eilte und ihm dort ein Haus baute, so weit von der Erde entfernt wie das Wasser erreichten ihn nicht, deren Überreste als Beweis für diesen historischen Bericht noch heute existieren.

Dritte Erzählung

Ah! Aber zu Zeiten meines Großvaters Fa Bel gab es Riesen. Sie ragten in die Luft und erschütterten mit ihren Schritten den Boden. Und solche Augen. Als sich die Liebe in ihren Herzen entzündete, leuchteten ihre Augen mit solch einem Glanz und einer solchen Kraft, dass die Gegenstände ihrer Zuneigung ohne ihre Kunstfertigkeit verzehrt worden wären; Sie fingen augenblicklich an zu weinen, und es ergossen sich reißende Wasserströme, sozusagen bildeten sich Bäche zwischen ihren Liebhabern und ihnen selbst. Dies hätte nicht ausgereicht, um sie vor völliger Zerstörung zu schützen, wenn nicht die feurigen Blicke das Wasser in einen undurchdringlichen Nebel verwandelt hätten, der sie schützte.

Andere waren noch kunstvoller – diejenigen mit kaltem Herzen – und trugen immer große Messingplatten, die so fein poliert waren, dass sie perfekte Reflektoren waren. Dadurch schickten sie die Blicke mit so großer Kraft zurück (denn sie waren konkav), dass die Riesen einen hastigen und überstürzten Rückzug antraten.

Jedes Haar im Bart dieser Riesen hatte die Größe einer großen Schnur.

Einmal ließ mein Großvater Fa Bel seine falschen Zähne in einen mehrere hundert Fuß tiefen Brunnen fallen. Er war sehr verzweifelt, denn sie waren damals etwas Neues und er hatte sich so an sie gewöhnt, dass er nicht mehr darauf verzichten wollte. Meine Großmutter sagte ihm, er solle seinen Bart abschneiden und sie würde daraus ein Seil weben, an dem er in den Brunnen hinabsteigen und seinen Verlust wiedergutmachen könne. Dem stimmte er zu und war bald wieder glücklich.

Aber sein Aussehen wurde durch die Entfernung seines Bartes so sehr verbessert, wenn die anderen Männer nicht die Situation beobachtet und ihnen auch die Bärte abgeschnitten hätten, hätte es im ganzen Land schwere Unruhen geben können; Denn wenn diese Männer in den Krieg gezogen wären, wäre ihre Masse so groß und ihre Stimmen so stark gewesen, dass der Schock des Konflikts die Erde in Stücke gerissen hätte.

Dies war der Beginn des Brauchs, das Gesicht zu rasieren, der in allen Ländern vorherrschte, und auch des Haarschneidens bei Männern.

Vierte Erzählung

Seine Söhne und Töchter waren von dieser Geschichte so beeindruckt, dass sie versuchten, vor einem weiteren solch bösen Tag zu schützen; und sie machten es auf diese Weise.

Sie stiegen auf einen großen Berg und errichteten einen wunderbaren Turm, der in und durch das Land der Lüfte reichte. Als es fertig war, herrschte Freude und Dankbarkeit, die sich jedoch schnell in Trauer verwandelte, als man entdeckte, dass dieser Gipfel der Elektrizität in den Wolken freien Lauf ließ, die mit solcher Wucht diesen Schacht herabkam, dass sie nicht nur alle ihre Zungen lähmte, sondern auch ihre Zungen lähmte auch ihr Gehirn und ließ sie alle Wörter vergessen, die sie jemals benutzt hatten. Und sie flohen einer nach dem anderen, um sich zu verstecken, und als sie herauskamen, kannten sie weder Vater noch Mutter, noch Bruder, noch Schwester, noch Freund; und so war jeder gezwungen, ein neues Rennen zu beginnen; Aber es führte auch dazu, dass der große Kirchturm einstürzte und einstürzte und die Winde alles ins Meer bliesen.

VIII

Hier erscheint das zweite der Dokumente, die ich in der Kiste entdeckt habe, und sein erstaunlicher Inhalt wird die anspruchsvollsten zufriedenstellen und ebenso viele falsche Eindrücke über den Ursprung bestimmter Dinge, Bräuche usw. beseitigen, wie z. B. den Ursprung von die Zwerge und Menschen der gegenwärtigen Statur; die Ursache für die heute bestehende Vielfalt der Haut- und Haarfarbe; die Albinos, Vulkane, Mineralquellen und Gletscher. Verfolgt auch meine Genealogie von Li Ur bis Sto Ry, dem Verfasser des hier vorgelegten Dokuments.

ZWEITES DOKUMENT

STORY, der der Sohn von Fik Shun war, der der Sohn von Fay Re Tales war, der der Sohn von Li Ur war, spricht als jemand, der über großes Wissen über viele merkwürdige und bemerkenswerte, aber wahrheitsgemäße und authentische Details verfügt, die ihm überliefert wurden und durch seine Väter, die in den Ländern, in denen sie lebten, und unter den Völkern, mit denen sie Handel trieben und mit denen sie Verkehr hatten, gebildete und angesehene Männer waren.

Hört, oh meine Brüder, und hört auf die weisen Worte, die ich zu eurer Hilfe und Zufriedenheit aussenden werde. Denn so wurde mir von meinem Vorfahren und seinen Söhnen, meinen Vätern, befohlen, diesen historischen Bericht über die verschiedenen und unterschiedlichen Heldentaten, die er und sie vollbrachten, mit großer Sicherheit und Genauigkeit aufzubewahren, das heißt:

Zur Begrüßung also:

Wisse, es gab eine Zeit, in der die Erde flüssig war, und so wäre sie auch immer geblieben, wenn nicht die folgenden Umstände eingetreten wären.

Ein mächtiger Fisch schwamm mitten im Wasser und seine Länge war so groß, dass er sich um die halbe Erdkugel drehte; so dass sein Rückgrat durch das ständige Schwimmen auf diese Weise in einem Halbkreis fixiert wurde.

Etwa zu dieser Zeit stieg ein Mann von Mammutgestalt vom Jupiter herab, so groß, dass sein Kopf und seine Schultern aus dem Wasser ragten, als er mitten im Ozean stand. Er hatte kaum einen flüchtigen Blick über die tosenden Wellen geworfen, als dieser gigantische Fisch ihn bemerkte und, da er fast ausgehungert war (denn er hatte alle anderen Fische viele Monate zuvor aufgefressen), mit seinen riesigen Kiefern so genüsslich und heftig zuschnappte, dass die Aufmerksamkeit dieses Mannes (der übrigens mein Urururururururururgroßvater war) auf ihn gelenkt wurde. Aber mein Vorfahr kümmerte sich sehr wenig um seinen Gegner, da er genau wusste, dass er die Macht hatte, ihn im richtigen Moment zu vernichten.

Und so geschah es, als dieser große Fisch sich mit höchster Heimlichkeit genähert hatte und im Begriff war, seine Beute zu packen. Großvater packte den Gipfel eines hohen Berges und kippte die Erde um, so dass alles Wasser ablief. Dann wurde der Fisch durch die Krümmung seiner Wirbelsäule zu Grunde gerichtet; denn das Wasser war entfernt worden, das Gewicht seines Körpers war so groß und seine Wirbelsäule so starr, dass er vollständig in zwei Teile brach und sofort erlag.

Mein Großvater nahm ihm sofort seine Haut ab, kleidete sie sorgfältig zu, trocknete sie in der Sonne und benutzte sie von da an als Horn, um seine Heerscharen aus allen vier Himmelsrichtungen zusammenzurufen. Er tat dies auch sogleich und bevölkerte die Erde, die nun trocken und grün und überaus schön anzuschauen war.

Als Vorspiel also.

In jenen alten Zeiten, als die Welt von Riesen bevölkert war, gab es Klassen und Clans oder Stämme, wie sie damals genannt wurden, von denen jeder aus den Nachkommen eines Mannes bestand, und sie waren alle ein so fröhliches Los, wie man das Leben betrachtete wirklich das Hervorragendste.

Eines Tages stieg mein Großvater, auf den ich in meiner Anrede anspielte, zum Nordpol auf. Dort erfuhr er die Ursache für den Wechsel der Jahreszeiten, und als er feststellte, dass es äußerst kalt war, ersann er einen Scherz, den er seinem Stamm vorspielen wollte. Daraufhin füllte er sein Horn mit der Nordluft und trug es zurück.

Nun geschah es, dass der Tag, an dem er zurückkam, Badetag war und der ganze Stamm im See badete. Als er so weit entfernt war, konnte er die Mündung des Horns an den Rand des Sees halten, tat dies und blies sanft darauf.

Der See war sofort von einer Eisschicht bedeckt, auf der die Menschen sofort standen, denn das Wasser wurde so kalt, dass sie nicht darin bleiben konnten. Er blies weiter in das Horn und die Menschen froren so sehr, dass sie zu schrumpfen begannen, und hätte er nicht schließlich die ganze Kälte aus dem Horn geblasen, wären sie zu nichts geschrumpft. Da sie so klein waren, musste er mehrmals nachsehen, wo sie waren, und er steckte den ganzen Stamm in die Tasche seines Mantels und trug sie zu seinem Zelt. Er versuchte mit aller Kraft, sie aufzuwärmen und sie wieder auf ihre normale Größe zu bringen, aber es war unmöglich.

So kam es, dass dieser Stamm die Vorfahren der heutigen Zwerge und Pygmäen wurden und ihre Vermischung mit den Riesen zur Entstehung der heutigen Menschen auf der Erde führte.

Als Zwischenspiel also.

Es gab eine Zeit, in der die Menschen auf der Erde rot waren und leuchtend rote Haare und Bärte hatten. Und das wäre bis heute so, wenn nicht Folgendes geschehen wäre:

Es gab eine sehr warme Quelle, in der sich einige Mitglieder der Familie oder des Stammes gern vergnügten. Wie das geschah, ist unbekannt, außer dass ein unterirdischer Strom direkt unter dem See ausgebrochen war. Aber während sie alle badeten und ein anderer Stamm zusah, wurde das Wasser grimmig schwarz und sehr heiß. Sie eilten zum Ufer, und als sie aus dem Wasser stiegen, waren sie alle schwarz wie die Mitternacht, und der Stamm am Ufer war so vor Angst gelähmt, dass ihre Gesichter, Haare und Bärte sich vollkommen weiß verfärbten. Alle Bemühungen der Ärzteschaft verfehlten, die Farbe des ersten Stammes von Schwarz oder die des zweiten Stammes von Weiß wieder in ihre normale Farbe zu verwandeln.

Der weiße Stamm hielt einen großen Caucus ab und sie kamen in großer Zahl, um über den Vorfall zu debattieren, weshalb sie Caucusions oder Kaukasier genannt wurden.

Und so kam es, dass es nicht nur Unterschiede in der Hautfarbe der Völker der Erde gab, sondern auch in der Farbe ihrer Haare und ihres Bartes.

Also als Nachtrag.

Es war also die Mischung von Stämmen, die eine Art oder Klasse von Menschen hervorbrachte, deren Augen so zart und zart waren, dass das Licht der Sonne ihnen große Unannehmlichkeiten bereitete. Es waren Menschen mit rosafarbenen Augen und Haut und äußerst hellem Haar.

Aufgrund dieser Not waren sie diejenigen, die mit dem Graben von Brunnen beschäftigt waren, da sie so vor den Angriffen der Sonnenstrahlen geschützt waren.

Eines Tages, als sie tief in der Erde einen Brunnen gruben, glitt ihnen der Bohrer aus der Hand, und sie lauschten und hörten, wie er tief unten in der Erde auf etwas stieß.

Zuerst waren sie sehr erstaunt, aber da sie ein sehr neugieriges Volk waren, begannen sie, die Sache zu untersuchen. Einer von ihnen spähte durch das

Loch und erhob sich plötzlich mit dem Ausruf, er habe Tageslicht gesehen. Sie eilten an die Oberfläche und erzählten den Leuten, sie hätten sich durch die ganze Erde gegraben. Aber man glaubte ihnen nicht, und eine große Zahl von Menschen ging in den Brunnen, um sich die andere Seite der Erde anzusehen, und ein Philosoph war in Hochform, denn er hatte mit aller Kraft behauptet, die Erde sei flach, obwohl viele ihm gesagt hatten, sie seien einmal ganz um sie herum gewesen und wüssten, dass das nicht sein könne. Er beharrte jedoch darauf, dass sie sich geirrt hätten, weil die Oberfläche der anderen Seite ebenso abwechslungsreich sei.

Dann geschah etwas sehr Erstaunliches. Am nächsten Tag versammelten sich so viele dieser Menschen mit den rosa Augen im Brunnen, wie auf dem Boden stehen konnten, und ihre Aufregung war so groß, dass sie auf und ab sprangen, als der Boden plötzlich nachgab und diese Menschen in die Tiefe stürzten. Sie waren sicher, dass sie getötet werden oder in den Weltraum fliegen und nie wieder zurückkehren würden, alle zusammen, aber der Boden des Brunnens traf auf einen weichen und nachgiebigen Boden und sie wurden nicht im Geringsten verletzt.

Aber diejenigen, die zu diesem Zeitpunkt nicht im Brunnen gewesen waren, waren voller Kummer und Verzweiflung, flochten lange Leinen und ließen sie hinab. Endlich spürten sie, wie an einer Leine gezogen wurde, und als sie sie hochzogen, kam zu ihrer großen Freude einer ihrer Gefährten mit.

Dieser Gerettete erzählte entzückende und schöne Geschichten über ein Land, in dem immer eine köstliche Dämmerung herrschte, das voller süßer Bäche und duftender Seen war, wo große Bäume wuchsen, die ausgezeichnete Früchte trugen, wo es Schafherden einer besonderen Art gab, die aber sehr zart und saftig waren, und andere Tiere, die ebenso gut am Leben bleiben konnten.

Diese Geschichten hatten eine solche Wirkung, dass alle Menschen mit den rosa Augen einmütig in dieses neue Land kamen.

Mit der Zeit wurde es bei ihnen zur Gewohnheit, ihre Entlassung aus der Folter zu feiern. Zu solchen Anlässen entzündeten sie große Feuer an den Mündungen gewundener natürlicher Brunnen, die zur Erdoberfläche führten. Diese Feuer waren wegen des Luftzugs so heftig, dass sie die Wände der Löcher schmolzen und der Sog die geschmolzene Materie in die Luft beförderte.

So kam es, dass Vulkane als Zeichen der Freude verwendet wurden und auch um den Menschen auf der Erde mitzuteilen, dass diese Menschen nicht nur noch existierten, sondern auch überaus und herrlich glücklich waren.

Gelegentlich kommen einige dieser Menschen zu Besuch auf die Erde und werden als Albinos bezeichnet.

Und diese Menschen verfügen über eine große Menge an Getränken, die sie in großen Höhlen unter Luftdruck aufbewahren. Sie verwenden große Elektromotoren, um sie in alle Teile ihres Reiches zu befördern. Ab und zu bohren sich die Menschen der Erde in eines dieser Reservoirs und dort sprudelt eines dieser Getränke hervor. Sie werden Mineralquellen genannt.

Zum Abschluss also.

Ich bin mir bewusst, dass die verschiedenen Jahreszeiten einer Überlieferung zufolge, die einer meiner Großväter an künftige Generationen weitergegeben hat, auf die Erdverwerfung zurückzuführen sind, die einer unserer Vorfahren durch die Erkundung des Nordpols verursacht hat. Aber es gibt eine Überlieferung, die auf der Seite meiner Mutter vererbt wurde und die so logisch und naturgetreu ist, dass sie einen Platz in den Archiven unserer Geschichte verdient. Daher sei es mir verziehen, wenn ich sie hier einfüge. Ich habe zu allen Zeiten Ehrfurcht vor der Wahrhaftigkeit des historischen Berichts gehabt, auf den ich anspiele, und ich möchte von vornherein klarstellen, dass ich kein Urteil darüber fälle, sondern es dem Scharfsinn und Urteilsvermögen des Lesers überlasse, zwischen ihnen zu unterscheiden und zu entscheiden.

Einer der Urgroßväter meiner Frau (ich glaube, es handelte sich tatsächlich um ihren entfernten Vorfahren, der wiederum mit meinem entfernten Vorfahren verwandt gewesen sein muss) unternahm wöchentliche Reisen in den Weltraum.

Nun geschah es so, als er bei solchen Gelegenheiten die Erde verließ und dies über den Nordpol tat – es könnte der Südpol gewesen sein, denn unsere Sprache war zu diesem Zeitpunkt so dürftig, dass es unmöglich ist, einen wirklichen Unterschied zwischen dem Wort „das" zu entdecken steht für „Norden" und das Wort für „Süden", und ich neige zu der Annahme, dass es zu diesem frühen Zeitpunkt noch nicht notwendig war, zwischen den beiden Richtungen zu unterscheiden, da die Bewohner sich damals der Richtung kaum bewusst waren.

Aber wie dem auch sei, der Pol projizierte eine große Distanz in den Weltraum, so dass er darauf laufen und ihn als Sprungbrett nutzen konnte, um Schwung für den Beginn seiner Reise zu gewinnen.

Und so kam es, dass er eines Nachts im Schlaf auf der Erde die Tatsache preisgab, dass er sich auf einem der anderen Planeten eine andere Frau genommen hatte, was seine Frau so wütend machte, dass sie sich auf die Suche nach einem geeigneten Instrument machte, um ihm den Schädel einzuschlagen. Während sie weg war, weckte ihn ein Diener und teilte ihm die oben genannten Informationen mit. Er, der die Fähigkeiten seiner besseren Hälfte gut kannte, hielt es für einen klugen Plan, einen sehr klugen Plan, eine seiner Reisen anzutreten, was er auch ohne Zeitverlust tat; aber kurz bevor er den Pol erreichte, blickte er über die Schulter und bemerkte, dass seine wütende Gattin ihm mit enormer Geschwindigkeit folgte, was seine Geschwindigkeit so sehr beschleunigte, dass er einen so gewaltigen Sprung vom Pol machte, dass die Erde aus dem Lot geriet, und so ist es bis heute geblieben.

Und die Erzählung endet mit der Information, die mit Sicherheit als bemerkenswert zutreffend angesehen werden kann, dass seine Frau über seine Flucht so verärgert war, dass sie ihrem Ärger Luft machte, indem sie brutal auf den Pol einschlug, den sie so heftig schlug, dass sich die Eismassen um ihn herum lösten , die sofort in Richtung Erdmitte zu rutschen begannen und dies auch bis zum heutigen Tag getan haben, und heute werden sie „Eisberge", „Gletscher" und dergleichen genannt.

Zum Abschluss.

Ich möchte denjenigen, der dieses Dokument erhalten soll, darauf hinweisen, dass es immer in Verbindung mit einem Dokument zu finden sein wird, das von einem meiner Väter geschrieben und zusammengestellt wurde, und dass keine Änderung daran vorgenommen werden darf, nicht einmal an einem einzigen Wort. denn niemand könnte über ausreichende Kenntnisse verfügen, um dies richtig zu tun, und könnte dadurch künftigen Generationen einen falschen Eindruck vermitteln.

VIII

Dies ist der erste Eintrag des dritten Dokuments und enthält die Geschichte des schnell wachsenden Baums mit den goldenen Früchten, der einen König zu Fall brachte und einen anderen schuf. Dieses Dokument enthält in seinen einzelnen Einträgen viele überraschende Einzelheiten zu Fakten und Fabeln, die nicht allgemein bekannt und bisher unveröffentlicht sind.

DRITTES DOKUMENT

GESCHICHTE zeugte An An Ias, der Wha Pur zeugte, der Ala Din zeugte, der Sin Bad zeugte, der El Ra Shad zeugte, der Mun Chau Sen (den Älteren) zeugte, der Mun Chau Sen, den Jüngeren (meinen Großvater) zeugte, der die folgenden Gegenstände in dem Wissen überreicht, dass sie von seinen Nachkommen wohlwollend aufgenommen und gewissenhaft aufbewahrt werden:

Punkt zuerst

Eines Tages ging mein Fünf-Ur-Großvater in einem Obstgarten spazieren, als er einen Baum voller seltsamer Früchte entdeckte. Er blickte verwundert darauf, denn erst am Tag zuvor hatte er den Spross gepflanzt, den ihm sein Großvater geschickt hatte. Er konnte kaum begreifen, dass er wach und bei Sinnen war, aber das war der Fall. Die Frucht schien aus Gold zu sein, und da er ein armer Mann war, sehnte sich sein Herz sofort danach, genug davon zu besitzen, um eine Kuh zu kaufen, damit seine Kinder Milch hätten; ein paar Bienen zu kaufen, damit sie Honig hätten, mit dem sie die Milch essen könnten; ein Pferd zu kaufen, damit er nicht mehr zu Fuß in die Stadt laufen musste; einen Bauernhof kaufen, auf dem man Nahrungsmittel anbauen kann; ein paar Schafe zu kaufen, um Wolle für Kleidung anzubauen; um Saatgut zu kaufen, um es zu säen, und um Material zu kaufen, mit dem man ein Haus bauen konnte, denn sie waren sehr, sehr arm und hatten in einer Höhle gelebt und sich von Wurzeln und dergleichen ernährt.

Und er ging zum Baum und streckte seine Hand aus, um etwas von der Frucht zu nehmen. Und siehe da, der Baum wuchs so schnell, dass er die Frucht nicht erreichen konnte. Er geriet in rasende Sehnsucht danach und legte so viel Kraft auf, um die unterste leuchtende Kugel zu erreichen. Dadurch wurde sein Arm auf eine Länge verlängert, die fast ausreichte, um sie zu erreichen, aber nicht ganz. So beharrte er, bis sein Arm so lang geworden war, dass sein Körper nicht mehr die Kraft hatte, ihn länger aufrecht zu halten, und er zu Boden fiel, von wo aus er ihn weder wieder aufrichten konnte, noch seine frühere Länge wieder annahm, sondern blieb wie es war.

Er blickte hoch auf die goldene Frucht und Tränen liefen über sein Gesicht.

Dann machte er sich in großer Eile auf die Suche nach einer Leiter, da der Baum anscheinend sein bemerkenswertes Wachstum eingestellt hatte und er gezwungen war, seinen Arm und seine Hand hinter sich herzuziehen, während er auf dem Boden schleifte.

Als er eine weite Strecke zurückgelegt hatte, wurde er plötzlich vom König angehalten, der gerade ausritt, denn der König hatte noch nie einen Mann mit einem solchen Arm gesehen. Als Antwort auf die Frage des Königs, wie er dazu gekommen sei, erzählte er seine Geschichte. Der König befahl sofort einem seiner Diener abzusteigen, ließ meinen Vorfahren auf das Pferd setzen und wies ihn an, den Weg zu diesem Wunder zu weisen, das sie sehr bald erreichten.

Daraufhin befahl der König einem seiner Diener (der zufällig einer der Vorfahren von Sin Bad war), auf den Baum zu klettern und die Früchte herunterzuwerfen.

Als der Mann zu klettern begann, wuchs der Baum über ihm hinweg; er kletterte und kletterte und kletterte, bis er völlig erschöpft war und mit solcher Wucht hinunterrutschte, dass er mehrere Stunden lang benommen dalag.

In der Zwischenzeit befahl der König seinem Steinhauer, den Baum zu fällen, was er mit großem Selbstvertrauen tat. Aber so seltsam es auch erscheinen mag, es entspricht dennoch genau der Wahrheit: Bevor der Hacker einen zweiten Hieb ausführen konnte, war der Schnitt, den er gemacht hatte, aufgrund des schnellen Wachstums des Baumes über seine Reichweite hinausgegangen; und nach einem langen und harten Kampf, die Schläge schnell genug auszuführen, um zwei Schnitte an der gleichen Stelle zu verursachen, wollte er lieber aufgeben.

Er wurde sofort auf Befehl des Königs enthauptet, der angesichts seiner Niederlage außer sich vor Wut war.

Dann befahl er seinem Brückenbauer, eine Kette um den Baum zu binden, zwanzig Ochsen an die Kette zu hängen und so den Baum an den Wurzeln hochzuziehen.

Nun war dieser Ochsentreiber ein prahlerischer Mann und suchte ernsthaft danach, in den Augen seiner Majestät nachgeahmt zu werden, und mit äußerster Bereitwilligkeit machte er sich daran, dem Befehl zu gehorchen. Geschickt stellte er seine Ochsen in eine Reihe, und sie waren kräftige Tiere, und mit viel Gewandt machte er einen Steppstich um den Stamm des Baumes. Dann griff er nach seiner Peitsche und beobachtete die Ochsen, die alle über seinem Kopf in der Luft baumelten, vor Angst brüllten und sich freuten, wenn ihnen das phänomenale Wachstum des Baumes das Genick brach. Wäre die Kette nicht durch die Bemühungen der Ochsen, sich zu befreien, zerrissen worden, wären sie alle sicherlich durch den Baum getötet worden.

Aber das enorme Gewicht der Ochsen, die so an einer Seite des Baumes hingen, hatte einen Knick im Stamm verursacht, und es geschah etwas Merkwürdiges: Der Baum wuchs nun in Knicken nach oben.

Der König war einfach außer sich vor Leidenschaft und schnitt dem Ochsentreiber mit eigener Hand den Kopf ab; und dann befahl er seinem Kommandeur der Kriegsmaschinen, den Baum mit einem Rammbock niederzuschlagen.

Nun hatte dieser Befehlshaber seit Ewigkeiten nichts zu tun gehabt, da der König bisher ein friedfertiger Mann gewesen war, und er empfand die Ehre, einen Befehl von seinem Monarchen zu erhalten, so eifrig, dass er sich mit der Aufgabe beschäftigte, den Widder für den entscheidenden Einsatz vorzubereiten.

Es handelte sich um eine schwerfällige Maschine, die viele Talente Gold gekostet hatte, aber nie tatsächlich zum Einsatz gekommen war. Es hatte einen hässlich aussehenden Widder, der stark genug zu sein schien, um mit einem einzigen Schlag eine Burg niederzureißen. Es wurde mit Strom betrieben, und der Kommandant musste lediglich den Knopf drücken, und schon wurde der Tritt ausgeführt.

Als alles bereit war, drückte er den Knopf. Der Widder schoss mit enormer Geschwindigkeit nach vorn, nur um auf den Baum zu treffen, als einer der Knicke den Stamm aus seiner Spur brachte. Und egal, wie schnell der Knopf gedrückt wurde, so dachte man, befand sich immer ein Knick, in dem kein Baum war, vor dem schießenden Widder. Also wurde der Kommandant enthauptet, und der König sprang von seinem Pferd und tanzte in einem furchtbaren Zustand auf und ab.

Er wandte sich gegen meinen Vorfahren und hätte ihn auf der Stelle enthauptet, weil er ihm davon erzählt hatte, hätte mein Vorfahre nicht darum gebeten, den Baum fällen zu dürfen. Er erhielt sofort den Befehl dazu, und zwar in nicht gerade feiner Sprache, denn der König war so weit fort, dass er die Regeln der feinen Gesellschaft völlig vergessen hatte.

Mein Vorvater hatte die ganze Zeit nachgedacht, und zwar ziemlich angestrengt, denn er war sich ziemlich sicher, dass er an diesem Abend nicht zum Abendessen zu Hause sein würde, wenn der König keine goldenen Äpfel bekäme. Und er dachte über ein bestimmtes Ziel nach und hatte den Baum sehr genau beobachtet.

Er holte ein langes Stück schweren Drahtes aus seiner Tasche, legte es schnell um den Stamm des Baumes, und obwohl er ein Stück nach oben getragen wurde, bevor er es nach Belieben befestigen konnte, gelang ihm das und er ließ sich sicher auf den Baum fallen Boden, obwohl es ein guter Sprung war, den er machen musste.

Als der Baum im Verhältnis zu seiner Aufwärtsbewegung an Umfang zunahm, begann der Draht bald in den Stamm einzuschneiden. So wurde der Baum gefangen, denn er war inzwischen so hoch gewachsen, dass er kopflastig werden und an der schmalen Stelle, an der der Draht war, abbrechen würde, wenn er nicht immer größer würde.

Und nun kannte die Freude des Königs keine Grenzen mehr als sein Zorn, und er schlug meinen Vorfahren auf der Stelle zum Ritter.

Die Arbeit des Drahtes wurde durch das Wackeln der Baumkrone deutlich, das bald deutlich sichtbar wurde; Aber der Baum war so hoch gewachsen, als der Draht seine Arbeit beendet hatte, dass die Spitze mit all ihren goldenen Früchten weit ins Meer fiel.

Und nun tat der König etwas sehr Gemeines – er wies seinen Schwertträger an, ihm sein langes Schwert zu geben, das etwa zwanzig Fuß lang war, mit dem er die Ehre haben wollte, den Kopf meines Vorfahren abzutrennen.

Aber mein Vorfahre ließ sich nicht übertrumpfen. Er packte den König mit den langen Fingern seiner langen Hand an seinem langen Arm um die Mitte, hielt ihn einen Moment lang hoch über seinem Kopf und warf ihn dann weit aufs Meer hinaus. Er sagte ihm, er solle ihm einige der goldenen Früchte bringen, und er würde auf seinem Thron sitzen, bis er dies täte, was er dann auch tat und dadurch all die Dinge erlangte, die er mit den goldenen Früchten gekauft hätte, und noch vieles mehr.

Es war eine so große Anstrengung gewesen, den König ins Meer zu werfen, dass der Arm meines Vorfahren sofort wieder seine natürliche Länge erlangte.

X

Darin wird das dritte Dokument fortgesetzt, wobei hier der zweite Teil davon wiedergegeben wird, der mit dem mächtigen Jäger, meinem Ururgroßvater, zu tun hat und berichtet, wie er im letzten Moment auf wundersame Weise ein bemerkenswertes Tier erlegte, um sein eigenes Leben vor dem Henker des Königs zu retten.

DRITTES DOKUMENT – FORTSETZUNG

Punkt Zweiter

MEIN vierurgroßvater war ein großartiger Jäger. Er war ein so großer Jäger, dass er vom König beauftragt wurde, seinen zoologischen Garten jeden Samstag in der Woche mit einem neuen Tier für seine königliche Inspektion auszustatten.

Es gab nur eine einzige Einschränkung seiner Beschäftigung, die meinem Vorfahren nicht gefiel; Aber er kannte seine Kräfte so gut, dass er zuversichtlich war, dass er auf diese Weise niemals seinen Job verlieren würde. Die Einschränkung bestand darin, dass er, wenn er es versäumte, dem König an irgendeinem Samstag ein neues Tier zu präsentieren, seine Anstellung verlieren würde, weil ihm plötzlich der Kopf vom Körper abgenommen wurde.

Es geschah, dass er, wie die meisten jungen Männer, von der Liebe überwältigt war und eines Tages wegging, um zu heiraten, wobei die Hochzeit erst am späten Freitagabend beendet wurde. Er hatte jedoch für diesen Notfall gesorgt, indem er in der Woche zuvor zwei neue Tiere gefangen hatte und somit eines zur Hand hatte. Was für ein Entsetzen er damals hatte, können Sie sich gut vorstellen, als er feststellte, dass es entkommen war.

Es blieb ihm nichts anderes übrig, als hinauszugehen und einen anderen zu fangen, und am nächsten Morgen war er im Ausland, bevor es hell genug war, um etwas zu sehen.

Er ging an einem neuen Ort in den Wald und war viele Meilen gereist, ohne etwas zu sichern. Bisher bestand seine Praxis darin, herauszufinden, wo sich die Tiere befanden, und ihnen dann nachts Fallen zu stellen, damit er sie ohne Makel erhalten konnte, da es sein Leben wert gewesen wäre, ein beschädigtes oder verletztes Tier vor den König zu bringen in irgendeiner Weise. Aber jetzt hatte er keine Zeit mehr, Fallen aufzustellen, und er wusste sowieso nicht, wo er sie aufstellen sollte.

Und so geschah es, dass er, während er so umherwanderte, aus großer Entfernung ein höchst merkwürdiges Tier bemerkte; denn es hatte einen Kopf vorne und einen hinten, so dass es in beide Richtungen laufen und immer vorwärts gehen konnte. Außerdem hatte es sechs Beine – zwei an jedem Ende und zwei in der Mitte – die letzten beiden konnte es in beide Richtungen drehen, so dass es in jeder Richtung Hinterbeine haben konnte.

Es blieb stehen und betrachtete ihn, zuerst mit einem Augenpaar, dann mit dem anderen und dann mit beiden Augenpaaren, behielt aber die ganze Zeit genau den gleichen Abstand zu ihm – es war ein sehr fuchsartiges Tier.

Er war sehr bestürzt, als er feststellte, dass es unmöglich war, dieses wundersame Tier einzufangen. Er dachte an das Ding, das er immer bei sich trug, aber die Entfernung war zu groß, als dass selbst jemand mit seiner Kraft erfolgreich eine Schlinge über eines der Hörnerpaare oder auch nur in die Nähe derselben werfen konnte.

Schließlich entdeckte er in einiger Entfernung hinter dem Tier einen großen, gebogenen Felsen und manövrierte das Tier so, dass es schließlich daneben stand. Immer wenn er nun anhielt, blieb das Tier stehen; also blieb er stehen und das Tier tat es auch. Dann band er das Ende seiner Schnur an einen Pfeil und schoss ihn mit solcher Geschicklichkeit und Präzision ab, dass er unter dem Tier hindurchging, den Felsen so traf, dass er zu ihm zurückgeworfen wurde, und er packte sofort beide Enden mit solcher Geschwindigkeit, dass er bald mit seiner Beute nach Hause geflogen war und sein Kopf vor dem Schwert des Henkers des Königs sicher war.

XI

Erzählt eine anspruchsvolle Fischgeschichte und ein höchst anmutiges und unterhaltsames Märchen.

DRITTES DOKUMENT—Fortsetzung

Punkt drei

Mein Urururgroßvater war ein bekannter Fischer, und eines seiner Abenteuer ist hier vielleicht nicht fehl am Platz, da es den Scharfsinn und die Weitsicht meiner Vorfahren deutlich widerspiegelt.

Eines Tages segelte er zu seinen Netzen, als er bemerkte, dass die Bojen sich höchst unregelmäßig bewegten. Er pflegte Netze auszubreiten, um einen köstlichen Fisch zu fangen, der bei den Königen sehr begehrt war, und er war der einzige unter allen Fischern, der die Futterplätze dieses besonderen Fisches kannte und ein königliches Patent erhielt, das ihm das alleinige Recht gab, diesen besonderen Fisch im gesamten Königreich zu verkaufen.

Doch diese Saison war sehr langweilig verlaufen, und er war zu dem Schluss gekommen, dass die Fische ihre Weideplätze gewechselt hatten, und hatte sich auf einen Aktionsplan geeinigt, um ihre neuen Futterplätze ausfindig zu machen.

Dennoch war er sehr überrascht, seine Netze viele Meilen näher an der Küste zu finden als an der Stelle, an der er sie am Tag zuvor abgesteckt hatte, und zu sehen, wie sie sich mit gleichmäßigem Gang auf ihn zubewegten, was sich nicht durch die Berechnung erklären ließ Wind, von dem zu diesem Zeitpunkt kein Hauch zu spüren war.

Aber sein enormes Wissen über die Gewohnheiten der Bewohner der Tiefe kam ihm zu Hilfe und er wich von seinem Kurs ab, ließ die Netze vorbeiziehen, drehte sich um und folgte ihnen in so bequemer Entfernung, dass er die Wahrheit seiner Vermutung entdeckte.

In diesen Gewässern gab es eine Klasse von Haien, die eine besondere Vorliebe für die Art von Fisch hatten, die er fing, und dieselben Haie beobachteten seine Handlungen äußerst aufmerksam, was nun daran zu erkennen war, dass sie an beiden Enden des Netzes festhielten ein Pflock in seinem Kiefer, war ein riesiges Exemplar, das mit großer Geschwindigkeit schwamm.

Die Haie gingen hin und her und trugen das Netz in alle Richtungen. Nachdem er ein oder zwei Stunden auf diese Weise verbracht hatte, bemerkte mein Vorvater, dass die Geschwindigkeit des Netzes nachließ, und er bereitete sich auf den Einsatz vor, denn er vermutete, dass das Netz so voll mit Fischen wurde, dass die Haie es nicht mehr lange vorantreiben konnten, und er war zufrieden Sie würden bald anhalten und zu dem Fest gehen, das sie so vorbereitet hatten.

Er wurde nie überrascht, und so kam es, dass die große Säge, die am Kiel seines Bootes befestigt war, zum Einsatz kam.

Und so geschah es, als die Haie schließlich die Pfähle im Boden versenkten, vor das Netz schwammen und gierig Seite an Seite das vor ihnen ausgebreitete, prächtige Festmahl betrachteten, stürzte sich mein Vorfahre schnell auf sie und zersägte sie so schnell in zwei Stücke, dass keiner von ihnen es eine Zeit lang bemerkte, nachdem ihre Schwänze bereits davongewunken waren, und sie hätten vielleicht nie herausgefunden, was los war, wenn sie sich nicht umgedreht hätten, um zu sehen, warum ihre Schwänze ihren Befehlen, sie vorwärtszutreiben, nicht gehorchten. Als sie es herausfanden, waren sie so beschämt, dass sie auf der Stelle und einmütig starben, als gerechter Tribut an ihren erhabenen Ekel vor sich selbst.

Und die Menge an Fisch, die mein Vorfahre auf diese Weise erbeutete, war so unfassbar, dass Worte kaum eine angemessene Vorstellung von ihrer Größe vermitteln können. Es gab keine einzige Masche im Netz, in der sich nicht mindestens ein Fisch befand, und das Netz war 120 Meter lang und fünf Klafter tief, und jede Masche war anderthalb Zoll im Quadrat. Die Berechnungsmethode ist einfach, aber Zeit ist kostbar.

Daraufhin wurde mein Vorfahre Baron und der Titel ist auf Ihren bescheidenen Diener übergegangen.

Punkt Vierter

Mein Urgroßvater war ein weiser Zauberer, und da er so berühmt war, konsultierten weise Männer auf der ganzen Welt ihn bei zweifelhaften Fragen, die er bereitwillig löste, ohne einen einzigen Fehler in seinen Berechnungen zu machen.

Seine vielfältigen Erfahrungen als kleiner Junge mit den Genies bildeten die Grundlage seiner Leistungen, und in reiferen Jahren machte er unzählige Entdeckungen neuer und wunderbarer Dinge. Es ist mir eine Freude, Sie mit einem davon zu verwöhnen.

Er hatte mit Hilfe der seltsamen Lampe, die er auf wunderbarste Weise gefunden hatte, großen Reichtum erlangt, der aber im Vergleich zu dem, was ich gleich erzählen werde, von geringer Bedeutung ist; und er dachte darüber nach, denn er gab die Lampe einem Bettler, als er sich den Talisman gesichert hatte, der Gegenstand dieser Skizze ist.

Dann sei daran erinnert, dass im Land der Saphire und Diamanten eine Prinzessin von solch unvergleichlicher Schönheit lebte, die noch kein Mensch je gesehen hatte und die das Feuer der Liebe überlebte, das augenblicklich in seiner Brust entbrannte; denn er konnte weder tagsüber noch nachts schlafen, noch essen oder trinken, sondern konnte an nichts anderes denken als an diese schöne Prinzessin. Und das endgültige Ende von jedem war das endgültige Ende von allem, und zwar durch einen Kuss auf die Lippen der Prinzessin, denn sie war so kalt, dass der eisige Schock im brennenden Herzen den sofortigen Tod verursachte.

Es war der ernsthafte Wunsch dieser Prinzessin, als sie Königin wurde, zu heiraten, und ihre Enttäuschung über den Tod jedes einzelnen Verehrers war so groß, dass sie ihr Reich dem Mann anbot, der ihren Kuss überleben sollte.

Als diese Informationen in den Tageszeitungen des Königreichs veröffentlicht wurden, geschah es, dass die Zahl der Leichen im Palast der Königin so groß wurde, dass sie sich nicht mehr von ihrem Standort bewegen konnte, und Freiern war es nicht gestattet, den Versuch zu unternehmen, diesen Raum zu betreten Es dauerte sechs Monate, um die Toten, die tapfere und angesehene Männer waren, zu entfernen und ordnungsgemäß zu begraben, und ihr Tod wurde sehr bedauert. Noch nie in der Geschichte der Welt hatte ein Krieg so viele mächtige Krieger, Staatsmänner, Dichter, Geistliche, Priester und einfache Männer getötet.

Ungefähr am Ende der sechs Monate betrat mein Vorvater das Königreich und erlangte diese Informationen.

Da er in einem Alter war, in dem alle Feuer des Lebens stark und beständig brennen, wäre er sofort in die Schlacht gezogen, wenn ihn nicht eines Nachts das Heulen des Windes aufgeweckt hätte. Da er die Sprache der Brisen gut kannte, verstand er die Botschaft genau, schwang sich ohne Zeitverlust auf sein Pferd und raste über die Berge. Mehrere Tage lang reiste er unentwegt weiter und stieg dabei immer höher.

Doch ein gigantischer Gipfel musste noch erklommen werden, doch sein Vorankommen wurde durch den gewaltigen Körper einer furchtbaren Schlange aufgehalten, deren Umfang so groß war, dass es Jahre gedauert hätte, eine Brücke darüber zu bauen, da die Schlange sich mehrmals um den Gipfel erstreckte.

Mein Vorfahr wusste, dass diese Schlange die Geister waren, die den Schatz bewachten, nach dem er suchte. Also ließ er sein Pferd zurück und schlich heimlich weiter, bis er den Kopf des Monsters fand, das fest schlief. Er nahm zwei große Brenngläser aus seinem Beutel und berechnete die Entfernung so genau, dass das Feuer der Sonne ihm augenblicklich beide Augen verzehrte. Der Schmerz war so groß, dass er sich vom Berg löste und ins Tal rannte, ohne zu wissen, wohin er ging.

Dann bestieg mein Vorfahre sein Pferd und erreichte sicher den Rand des Gipfels.

Doch auch hier wurde sein Vorankommen durch ein mehrere Fuß dickes und enormes Tor aus reinem Glas aufgehalten, das nur Teil eines Zauns aus ähnlichem Material war, der sich einmal ganz um die Spitze des Gipfels erstreckte.

Innerhalb der Anlage befand sich ein weitläufiger, prächtiger Park voller großer Bäume, um und zwischen denen sich unzählige Weinreben schlängelten, von denen jede exquisite Blumen trug, jede in einem anderen Farbton und mit herrlichem Duft. Alles darin war so schön und der Zaun so schön, dass er ihn nicht zerstören wollte, wie es leicht hätte tun können. Also suchte er nach einer Möglichkeit, in dieses Paradies zu gelangen.

Nun geschah es, dass er eine Verbindung mitgebracht hatte, die er mit dem Gummi eines bestimmten Baumes vermischte, der in der Nähe stand. Dann formte er mit seinem Beil Holzstücke, die er gegen das Glas legte und die aufgrund der Paste, mit der er eine Seite davon bestrichen hatte, fest daran hafteten. Und so baute er eine sehr bequeme Leiter, mit deren Hilfe er bald auf der anderen Seite war, denn er machte darauf Stufen, wie er es auf der ersten Seite getan hatte.

Als er in einer der vielen Gassen um die Ecke bog, sah er sich zehn hinreißend schönen Frauen gegenüber, so reich hatte die Natur sie geschmückt. Sie hielten ihn an und fragten, wer von den Zehn der Schönste sei. Er blickte sie kritisch an und beharrte dann darauf, dass er es überhaupt nicht sagen könne, denn jede sei so köstlich süß, dass jeder Mann mit ihr zufrieden und glücklich sein würde. Und so riefen sie einstimmig aus, er sei ein ausgezeichneter Mann und verdiene als Belohnung alles, was er sich nur wünschen könne, denn seine Antwort sei überaus weise gewesen.

Er sagte, er könne sich keinen Moment vorstellen, dass irgendjemand eine andere Vermutung hätte anstellen können als die, die er gemacht hatte, als ihm gesagt wurde, dass dort vor einigen Jahren eine Prinzessin gewesen sei und ihr dieselbe Frage gestellt worden sei. Sie sagten ihm, sie hätte als Antwort eine von ihnen ausgewählt, woraufhin die Prinzessin mit eiskaltem Herzen geschlagen wurde, weil sie eine der Schwestern den anderen vorgezogen hatte.

„Ein Herz aus Eis!“, rief er.

„Ja, ja“, antworteten sie, „ein Herz aus Eis.“

„Was ist das? Die arme Prinzessin.“

„Es ist wirklich traurig“, sagten sie. „Denn sie wird jeden Liebhaber erfrieren, der ihre Lippen küsst, und sie wird schreckliche Qualen ertragen. Denn jeder Mann, der sie ansieht, wird hingerissen sein, und sie wird sich von ihm küssen lassen, um seine Liebe zu testen, und er wird auf der Stelle sterben, durch und durch erfroren vom Schock der Kälte ihres Herzens, die auf die Hitze seines Herzens trifft.“

„Schade!“, sagte er.

„Das ist nicht wahr“, riefen sie. „Es geschieht ihr recht.“

„Aber gibt es kein Heilmittel für diese Krankheit?“, fragte er.

„Ja, tatsächlich“, riefen sie, „und es ist ein ganz süßes.“

„Was ist es?“, fragte er. „Da Sie gesagt haben, dass ich alles verdiene, was ich will, möchte ich diese Information.“

Sie lachten und warfen sich fröhliche Blicke zu, weil sie dachten, er versuche, sie bei einer Lüge zu ertappen.

„Zuerst", sagte einer, „muss ein sehr mutiger Mann kommen; denn er muss die Schlange am Fuße des Hügels besiegen; er muss den Glaszaun erklimmen und unsere Frage richtig beantworten. Und dann muss er zum Mittelpunkt der Erde gehen und unsere Königin küssen."

„Zeige mir den Weg zum Mittelpunkt der Erde", verlangte er.

Lachend führten sie ihn zu einem großen Loch im Boden, das so glatt wie Glas war, und später erfuhr er, dass es sich um eine Glasröhre handelte, die bis zum Erdmittelpunkt führte. Als er dort stand, in die Röhre blickte und nachdachte, sagten sie, viele seien in die Röhre gegangen, aber keiner sei je zurückgekehrt.

Sein schneller Verstand hatte die Schwierigkeit gelöst, denn zu dem, der ihm am nächsten stand, sagte er:

„Gibst du mir als Talisman ein Haar von deinem Scheitel und erlaubst mir, es auszuwählen?"

Die anderen gerieten darüber ziemlich urkomisch und machten sich über ihn lustig, weil er seine erste Vermutung zu einer Lüge gemacht hatte.

Als er das Haar erhalten hatte, wandte er sich an die nächste und richtete eine ähnliche Bitte an sie, und so weiter, bis er von jedem ein Haar vom Kopf hatte. Dann flocht er sie zusammen und fragte:

„Sie sagen, viele seien untergegangen, aber keiner sei zurückgekehrt. Was ist aus ihnen geworden?"

„Sie sind gefallen und gestorben, denn sie wussten nicht, wie sie herunterkommen sollten", war ihre Antwort.

Dann nahm er ein kleines Fläschchen aus seiner Tasche, entfernte den Korken, nahm einen Teil des Inhalts mit seinen Fingerspitzen und rieb ihn an dem Seil aus ihren Kopfhaaren. Es begann sofort viel schneller in die Länge zu wachsen als in die Größe, und bevor er den Inhalt der Phiole verbraucht hatte, hatte das Ende den Mittelpunkt der Erde berührt.

Dann sagte er zu ihnen: „Haltet dieses Ende und ich werde zum Mittelpunkt der Erde gehen und hier auf euch warten und das Seil halten, bis ich komme." Das wirst du versprechen, so wie ich es wünsche, und du hast versprochen, mir zu gewähren, was immer ich wünsche."

Sie stimmten zu. Er wickelte das Seil um einen Glasstab und verschwand schnell.

Am Ende seines Abstiegs befand er sich inmitten einer großen Menschenmenge, die ihn verwundert ansah, nicht wissend, was für ein Wesen er war, oder es zumindest nicht zu wissen schienen. Er wurde zu einem Thron geführt, der ihn so hell anstrahlte, dass er zunächst nicht bemerkte, dass er besetzt war. Als er sich an das blendende Licht des Throns gewöhnt hatte, sah er eine wunderschöne Frau darauf sitzen, und sie musste wirklich faszinierend gewesen sein, denn er hatte nie von einer so bezaubernden Frau geträumt, und er war ein großer Träumer.

Es war ihm unmöglich, seinen Blick lange von ihr abzuwenden, und als sie sprach, hielt ihn die Musik ihrer Stimme gefangen. Die Blicke ihrer Augen waren beinahe quälend.

Aber er sagte sich immer wieder, dass sie nicht köstlicher sein könne als die Prinzessin, und dass sicherlich nicht so viele Männer für die Liebe dieses Mannes gestorben seien wie für die Liebe der Prinzessin; deshalb müsse die Prinzessin noch schöner sein.

Mit diesen Worten gewann er seine Fassung zurück, trat an den Thron heran und begann zu klettern. Daraufhin erhob sich ein Gemurmel, das ihn einen Augenblick innehalten ließ; doch die Königin streckte ihre Arme aus; er stürzte sich in sie hinein und versuchte, sie zu küssen, doch sie klammerte sich so zärtlich und vorsichtig an ihn, dass er es nicht sofort tun konnte. Er ließ sich jedoch nicht übertrumpfen und überschüttete sie mit Liebkosungen, bis sie unvorbereitet war, und dann küsste er sie voll auf ihre roten Lippen. Ein Schauer durchfuhr ihn, den er noch nie erlebt hatte, und ihm war eine Zeit lang schwindlig, denn sie erlaubte ihm nicht, seine Lippen von ihren zu nehmen.

Dann kam ihm die arme Prinzessin und ihr qualvoller Zustand vor Augen. Sein Pflichtgefühl ihr gegenüber überwog die Schmeicheleien dieser Schönen und Süße, und langsam, aber behutsam befreite er sich aus ihrer Umarmung und sagte:

„Oh, Königin, du bist das schönste Fleisch von allen. Es gibt keine anderen Lippen wie deine. Keine andere Frau besaß jemals eine so erlesene Form. Keine andere Frauenstimme hat so viele Reize. Du bist die Königin der Königinnen.“

„Dann bleib hier und sei mein König“, sagte sie.

„Das kann nicht sein“, sagte er, „denn ich habe eine Pflicht gegenüber einer Person deines Geschlechts zu erfüllen, die an einer schrecklichen Krankheit leidet, und diese Pflicht ist größer als deine Reize, auch wenn niemand ihre Erhabenheit kennt.“

Dann zog ihn die Königin sanft an sich, küsste ihn liebevoll auf die Stirn und bat ihn, sich neben sie zu setzen.

Nach einem langen und schönen Gespräch mit ihr, in dem sie ihm sagte, dass sie ihn nur in Versuchung führen wolle, um seine Tauglichkeit für die Mission zu testen, verließ er sie mit der Anweisung, jede der zehn Mägde oben so zu behandeln, wie er sie behandelt hatte – was ihn leicht erschauern ließ.

Als er in den Garten hinaufstieg, erwarteten ihn die zehn Mägde und eine von ihnen streckte ihm ihre Arme entgegen. Er antwortete schnell und sie hielt ihn so liebevoll, dass seine Entschlossenheit für einen Moment ins Wanken geriet. Aber er ließ sich los, nur um in den Armen eines anderen und eines anderen verschränkt zu werden, bis die letzte ihre Arme um ihn schlang.

Es war ein tapferer Kampf gewesen, aber er hätte dort geendet, wenn ihn nicht das Wiehern seines Pferdes zu sich gerufen hätte.

Daraufhin riss er sich los, rannte die Leiter hinauf, auf der anderen Seite wieder hinunter, bestieg sein Pferd, und sie flogen mit solcher Geschwindigkeit den steilen Abhang hinab, dass sie, obwohl die alte Schlange mit neuen Augen zurückgekehrt war, mit einem einzigen Satz seinen Körper freimachten und es waren Im Handumdrehen raste er durch die Berge zum Palast der Prinzessin.

Als er die Halle betrat, war nur ein Verehrer geprüft worden und er lag tot auf dem Boden. Es folgte ihm jedoch eine Horde Möchtegern-Liebhaber aller Stände und Grade, aber die Reihenfolge der Ankunft wurde streng eingehalten, und er stand als Nächster an der Reihe.

Als er auf das bezaubernde Wesen zuging, brannten seine Augen und sein Puls pochte doppelt so stark wie sonst. Er wurde von einer solchen Anziehungskraft angezogen, dass er nicht widerstehen konnte. Sie war sogar noch hübscher als alle Charmeure, die er in den Bergen getroffen hatte.

Er war nur noch zehn Schritte von ihr entfernt und sie sah ihn sehnsüchtig an, als plötzlich die zehn Mägde zwischen ihnen auftauchten und sie fragten:

„Wer von uns ist der Schönste?"

Die Prinzessin war unentschlossen und blickte langsam von einem zum anderen. Dann war sie verwirrt und rief schließlich:

„Das kann ich nicht sagen, denn Sie sind alle so bezaubernd, dass es für keinen Sterblichen möglich ist, das zu sagen."

Daraufhin klatschten sie in die Hände und verschwanden.

Dann trat er vor und nahm sie in die Arme. Ihre Lippen trafen sich nicht nur einmal oder zweimal, sondern viele, viele Male. Die Menge hatte erwartet, dass er tot umfallen würde, und jetzt brüllte sie vor Wut, denn sie hatte die Mägde nicht bemerkt und wusste nicht, was wirklich passiert war, und jeder hatte gedacht, dass er nicht gestorben wäre, wenn er selbst ihre Lippen gedrückt hätte.

So wurde mein Vorfahre König des Reiches und regierte so gut und liebenswürdig, dass er von all seinen Untertanen geliebt wurde, am meisten aber von den zehn Feen – denn sie waren nichts Geringeres als diese –, die auf dem Berggipfel lebten und für die er jedes Jahr ein großes Fest gab.

Zwölftes Kapitel

Dies ist eine Fortsetzung des Dritten Dokuments und gibt im fünften Punkt dieses Dokuments einen sorgfältigen Bericht über eine äußerst wunderbare Segelreise.

DRITTES DOKUMENT – FORTSETZUNG

Punkt fünf

MEIN Urgroßvater war ein berühmter Seemann, dessen Name in allen Ländern der Erde bekannt war. Es dürfte nicht verkehrt sein, die Vorkommnisse einer einzigen von ihm unternommenen Reise zu schildern, wie sie seitdem noch nie zuvor erlebt wurde.

Er beschloss, in gerader Linie um die Erde zu segeln, denn selbst mein Vorfahre wusste, dass die Erde rund ist. Es war schwierig für ihn, eine ausreichend große Mannschaft für sein Schiff zu finden, aber da er mit dem König eine Wette über tausend Talente Gold abgeschlossen hatte, konnte er es schaffen, und er bot an, den Gewinn unter seinen Matrosen zu teilen. So war sein Schiff endlich bemannt und segelbereit. Das letzte, was an Bord kam, war ein großer, in Abschnitte zerlegter Trog.

An einem Tag im Juni stach er in See. Nachdem er viele Tage lang bei steifem Wind gesegelt war, wurde Land gesichtet, auf das die Nase des Schiffes zeigte. Die Seeleute wurden alarmiert, denn sie waren sicher, dass sie am Ufer zerschmettert werden würden, das jedoch ein Sandstrand war. Aber mein Vorfahre hielt seinen Kurs und als sie sich in kurzer Entfernung vom Strand befanden, gab er bekannt, wofür er den Trog verwenden wollte: Er sollte ihn so vor das Schiff legen, dass der Kiel darin lief und sobald es einen Abschnitt hinter sich ließ, wurde dieser aufgenommen und vor ihm abgelegt.

Auf diese Weise segelten sie, bis sie zu einem großen See kamen, über den er seinen Kurs hielt, nachdem er den Trog wieder an Bord gebracht hatte. Als sie die andere Seite erreichten, wurde der Trog wieder in Anspruch genommen. Und so segelten sie über den Kontinent und in den anderen Ozean.

Als sie diesen durchquert hatten und wieder einmal entlang der Rinne über den nächsten und letzten Kontinent segelten, erschienen die Eingeborenen in großer Zahl und dachten, es sei ein Engel oder ein Gott, denn die weißen Flügel über dem Boot erschienen ihnen seltsam und unheimlich. Und um ihren Glauben zu beweisen, brachten sie große Goldklumpen mit und stapelten sie in solchen Mengen auf dem Weg des Schiffes auf, dass das Boot bald von der Mannschaft mit einem solchen Vorrat an gelbem Metall beladen war, dass mein Vorfahre befürchtete, es würde sinken, wenn es wieder ins Meer gelassen würde. Deshalb versteckte er kurz vor der erneuten

Einschiffung einen großen Teil des Schatzes, den er später zurückbrachte und holte.

Als sie nun Richtung Heimat segelten, sah er die Flotte des Königs vor sich in Schlachtordnung aufgestellt. Das konnte er nicht verstehen, aber es wurde ihm bald klar, als er argumentierte, dass der König es sich nicht leisten konnte, sich von so viel Gold zu trennen, und seine Schiffe ausgesandt hatte, um ihn zu versenken, falls er jemals auftauchen sollte. Aber er segelte dennoch direkt auf sie zu, was die Seeleute erneut beunruhigte, denn durch die Aufteilung des Goldes, das sich jetzt an Bord befand, und dem, was zurückgelassen worden war, war jeder so reich, dass er es kaum erwarten konnte, nach Hause zu kommen und zu beginnen, seinen Reichtum auszugeben.

Nun stellte sich heraus, dass der König selbst auf dem Schiff war, zu dem mein Vorfahre segelte, und er machte sich kampfbereit; denn das war Teil des Plans, den er im Sinn hatte, als er die Wette abschloss, da er wusste, dass mein Vorfahr ein sehr entschlossener und weiser Mann war. Mein Vorfahr wusste jedoch nicht, dass der König an Bord war, und trauerte seitdem darüber, dass dies der Fall gewesen sein sollte.

Als er etwa eine Meile entfernt war, ließ er einige Bretter aus dem Laderaum heraufholen, die dann zu einem großen Ruder geformt wurden, das er hinter das Schiff legte, aber nicht wie ein Ruder normalerweise hielt, sondern flach auf das Wasser legte . Es wurde nun festgestellt, dass die Masten an der Stelle, an der sie in das Schiff eindrangen, angelenkt waren.

Als er sich auf etwa drei Schiffslängen genähert hatte, übte er eine große Kraft auf das Ruder aus und bog die Masten gegen starke Federn nach hinten. Der Druck auf das Ruder führte dazu, dass die Schiffsnase nach unten sank und ins Wasser eintauchte, was mit solcher Geschwindigkeit geschah, dass sie direkt unter dem anderen Schiff hindurchschoss und ohne Unfall vorbeigefahren wäre, wenn nicht einer der Matrosen die Geistesgegenwart verloren hätte ließ die Masten los, gerade als das Boot auf der anderen Seite heraufkam. Die Masten richteten sich mit solcher Geschwindigkeit und Kraft auf, dass sie das Schiff, auf dem sich der König befand, erfassten, es hoch in die Luft warfen, es auf den Kopf stellten und alles darauf ins Meer warfen, und sie ertranken.

Als mein Vorvater landete, ging er zum Palast des Königs, um seine Goldtalente einzufordern. Dann erfuhr er, dass der König auf diesem Schiff gewesen war und wusste, dass er umgekommen sein musste.

Der Ruhm der Reise verbreitete sich wie ein Lauffeuer und erzeugte ein solches Gefühl, dass nichts anderes übrig blieb, als mein Vorvater zum König zu machen, und er wurde sofort gekrönt, und mit so viel Gold wurde sein Königreich zum reichsten der Welt.

XIII

Dies ist ein weiterer, äußerst interessanter Punkt im selben Dokument, da er einige Begebenheiten aus dem Leben eines meiner Vorfahren beschreibt, der einst Kalif von Bagdad war.

DRITTES DOKUMENT – FORTSETZUNG

Punkt Sechster

MEIN Großvater, ein Kalif von Bagdad, war ein berühmter Geschichtenerzähler, und ich würde ihm Unrecht tun, wenn ich in dieser Erzählung ein oder zwei der wunderbarsten Geschichten, die er erzählte, weglasse.

Er hatte die Angewohnheit, Streiche zu spielen, und wann immer ihm eine neue Idee kam, die er für diesen Zweck nutzen konnte, neigte er dazu, sie unverzüglich in die Tat umzusetzen.

Und so geschah es, dass ihm eines Tages im Hochsommer ein Gedanke an diese Figur kam und er sein gesamtes Gefolge zu einem einmonatigen Bankett einlud. Wohl wissend, wie großzügig er immer war, war sein Palast überfüllt. Um ihn bei seinem Scherz zu unterstützen, hatte er einen Chemiker mit großer Gelehrsamkeit engagiert, der ihm beim Mischen der Speisen behilflich sein sollte, wobei er stets darauf achtete, dass seine Portionen zwar den anderen sehr ähnelten, bestimmte Zutaten jedoch nicht enthielten, die in den anderen vorhanden waren.

Er organisierte auch Spiele auf den weitläufigen Rasenflächen rund um seinen Palast, und es kam vor, dass seine Gäste beim Betrachten dieser Spiele gezwungen waren, ohne Schutz vor den Strahlen im Sonnenlicht zu sitzen. Außerdem stellte sich heraus, dass alle Spiegel versteckt waren, was bei den weiblichen Gästen für große Bestürzung sorgte. Und jeder Gast bekam aufgrund der Helligkeit der Strahlen eine farbige Brille zum Tragen.

Die zweite Monatshälfte brachte nach Ansicht der Gäste eine große Neuheit mit sich, denn während dieser Zeit waren alle Fenster versiegelt und alle Türen so fest verschlossen, dass kein Lichtstrahl hindurchdrang und alle Feierlichkeiten im Dunkeln stattfanden.

Als diese Zeit verstrichen war, wurde eines Tages das ganze Gebäude erleuchtet und die Bestürzung darüber war groß. Ehemänner kannten ihre Frauen nicht und Frauen verleugneten ihre Männer. Die Liebenden waren entsetzt, als sie erfuhren, dass der andere so schwarz war wie das Pik-Ass.

Oh, es herrschte Aufruhr, denn jeder beeilte sich, den Ort zu verlassen, aber er überredete sie, noch eine Woche zu bleiben, und alles würde gut werden. Daraufhin erklärte er ihnen, dass er nur die Art und Weise veranschauliche, wie die Afrikaner schwarz wurden. Dass er den Portionen jeden Tag eine bestimmte Menge Silber hinzugefügt habe, das sich schließlich mit ihrem Blut vermischt habe, und dass das darin enthaltene Silber oxidiert und schwarz geworden sei, als sie ins Sonnenlicht kamen. Er versicherte ihnen, dass die Portionen, die sie jetzt erhalten würden, das Silber schnell entfernen würden und sie wieder weiß werden würden.

Und so geschah es.

Ein anderes Mal, als er im Begriff war, eine lange Reise anzutreten, rief er seine Diener zusammen und wies sie an, dass er für einige Zeit weg sein würde und sie unter keinen Umständen einen Fremden in den Palast lassen dürften, es sei denn, sein Obermundschenk befehle dies, denn er hatte ihm aufgetragen, alle Fremden in bestimmte Räume zu bringen und sie dort einzuschließen.

Es stellte sich heraus, dass er auf der Suche nach einem gewissen Räuber war, der Ärger gemacht hatte, und zwar so viel Reichtum, dass er schnell genauso mächtig wurde wie er selbst.

Und so kam es, dass er erst ein oder zwei Tage fort war, als sich ein hübscher Kavalier ankündigte, vom Butler eingelassen und in einem der Zimmer untergebracht wurde; er war bei Einbruch der Nacht angekommen und brauchte eine Unterkunft, um sich vor einem drohenden Sturm zu schützen.

Wie sich später herausstellte, war dies genau der Räuber, nach dem mein Großvater gesucht hatte, und da er wohl wusste, dass er zu Hause keinen Angriff auf sein Haus unternehmen würde, hatte er es so verkünden lassen, dass er weg war. So legte sich der Mann zu Bett, was er für angebracht hielt, da er nicht vorhatte, mit seinen Plünderungen vor spät in der Nacht zu beginnen, und da er danach noch eine gewisse Strecke vor sich hatte, konnte er sich auf diese Weise erfrischen.

Ungefähr zu dieser Zeit war der Raum plötzlich von einem tiefgelben Licht erfüllt, und in jeder Ecke rasselten grinsende Skelette mit ihren Knochen.

Nun war dieser Räuber ein tapferer Mann und betrachtete diese Dinge einen Moment lang mit Zorn darüber, dass er in seinem Schlaf gestört wurde.

Dann änderte sich plötzlich das Licht und die Skelette wurden so rot, dass sie aussahen, als wären sie mit frischem Blut bedeckt. Und dann tauchten große rote Hände auf, die offenbar auf der Suche nach dem Mann durch den Raum flogen. Dies schien den Dieb ein wenig zu verunsichern und er bedeckte sich mit Ausnahme eines Auges.

Dann verschwanden die Skelette und große Feuerbälle rasten durch den Raum. Als er sah, dass einer von ihnen auf sein Auge zusteuerte, bekam er es richtig mit der Angst zu tun und bedeckte auch dieses Auge mit der Hand.

Jetzt hörte man Kettenklirren und grässliches Stöhnen und Weinen und Wehklagen, das entsetzlich war. Es erfüllte ihn mit so viel Angst, dass er erschauerte und mit den Zähnen klapperte.

In seiner Raserei – denn er war immer aufgeregter geworden – riss er die Decke herunter, und an jeder Ecke des Bettes hing ein teuflisches grünes Monster, das ihm das Maul leckte und ihn hungrig mit glitzernden Augen anstarrte.

Jetzt wurde er verzweifelt und wäre am liebsten geflohen, aber als er die geringste Anstalt machte, sich zu erheben, kamen die Monster auf ihn zu und er eilte unter die Decke.

Dann erklangen schreckliche Geräusche, wie er sie noch nie zuvor gehört hatte, die durch das Knirschen der Zähne der vier Monster und das Knacken ihrer Augen und das Schmatzen ihrer Lippen verursacht wurden, und er dachte, das Gebäude stünde in Flammen.

Schließlich war er so überwältigt, dass er in eine Benommenheit versank und am Morgen vom Butler gefunden wurde, der entdeckte, dass der Mann, der in der Nacht zuvor jung und kräftig gewesen war, jetzt ein alter Mann mit weißem Haar, eingefallenen Wangen und faltiger Stirn war. der darum betete, aus dem Zimmer entfernt zu werden, damit er in Frieden sterben könne.

Als mein Vorfahr zurückkam, teilte er ihm mit, dass er nur unter der Bedingung seines Amtes enthoben werden könne, dass er alles Gold und alle Güter, die er gestohlen hatte, zurückgebe und für immer ein guter Bürger sei.

Der Mann versprach dies bereitwillig und hielt sich an sein Versprechen.

Auf diese Weise befreite mein Vorfahre nicht nur sein Königreich von einer Plage, sondern gab seinem Volk auch seinen verlorenen Reichtum zurück, wofür er große Verehrung erntete.

Kapitel 13

Wir führen das gleiche Dokument weiter und zeigen, welche natürlichen Folgen der Besitz einer bemerkenswerten Stimme haben kann.

DRITTES DOKUMENT— FORTSETZUNG

Punkt Siebt

Die Stimme meines Vaters war so süß und kraftvoll, wenn er seine Hände zu einer Art Trompete formte und in sie hineinsang, dass selbst Berge überwunden wurden und ihm ihre Schätze zu Füßen lagen. Auf diese Weise rettete er sein Land vor dem Untergang, als eine furchtbare Panik alle seine Industrien verdorren ließ.

Der König war in großer Not, als mein Vater eines Tages vor ihm stand und ihn fragte, was er dafür geben würde, um genug Gold und Edelsteine zu haben, um seine gegenwärtigen Schwierigkeiten zu überwinden. Der König sah ihn erstaunt an, denn er war nur ein Bauer und ärmlich gekleidet. Aber mein Vater war nicht beschämt und blieb trotz des Blickes standhaft und wartete auf seine Antwort.

Der König wollte ihn nicht durch eine entschiedene Ablehnung verletzen und fragte ihn daher, wie er ihm die nötigen Mittel beschaffen wolle. Mein Vater würdigte ihn keiner Antwort, sondern wiederholte seine Frage.

Da wurde der König ganz zornig, und als mein Vater das sah, begann er ein kleines Lied zu singen, das den König so begeisterte, dass er bald in Tränen ausbrach. Daraufhin antwortete er meinem Vater vernünftig und sagte, er könne alles haben, was er verlange, wenn er nur seinem Volk Hilfe leiste.

Dann bat ihn mein Vater um so viele Wagen und Ochsen, wie er entbehren konnte, und der König schickte ihm diese mit, als er zu einem bestimmten Berg aufbrach und zur rechten Zeit ankam.

Als er am Fuße des Flusses angekommen war, befahl er den Fuhrleuten anzuhalten, stellte sich auf einen Baumstamm und begann leise vor sich hin zu singen.

Die Vögel hörten auf zu zwitschern; die wilden Tiere des Waldes kamen in Herden und umringten ihn.

Er wurde ernster, und die Blätter der Bäume hörten auf zu flattern; der Wind verstummte; die Grashalme streckten ihre Hälse; die Blumen verströmten keinen Duft mehr, und die Bienen verstummten.

Dann formte mein Vater seine Hände zu einem Horn und sang darin mit einer solchen Süße und Kraft des Tons, dass der Berg vor Ekstase zu beben begann; Seine Seiten öffneten sich und Ströme aus geschmolzenem Gold und Silber, die eine Hülle aus allerlei kostbaren Edelsteinen trugen, flossen zu seinen Füßen, und die Juwelen formten sich zu Stapeln an seiner Seite, und das Gold und Silber wurden zu Blöcken und ordneten sich zu mehreren Pyramiden an Fuss hoch. Daraufhin füllten die Edelsteine das Dreieck jeder Stufe jeder Pyramide in dieser Reihenfolge aus, zuerst Diamanten, dann Smaragde, dann Perlen, dann Rubine, dann Saphire und so weiter, bis jeder Edelstein durch ein Band dargestellt wurde, und dort auf der Spitze war mit einem Diamanten von solcher Seltenheit ausgestattet, dass er in seinem Glanz mit der Sonne wetteiferte.

Dann geschah etwas sehr Seltsames. Die Wagen wurden stillschweigend so angeordnet, dass die Pyramiden darauf ruhten, damit sie weggeschleppt werden konnten, was mein Vater dann befahl.

Als diese prachtvolle Schau dem König präsentiert wurde, war er so voller Freude, dass er meinen Vater an seine Brust drückte und sagte, er würde sein Königreich mit ihm teilen. Doch mein Vorfahre wollte nicht zustimmen, bis der König versprochen hatte, alle Geldverleiher aus dem Königreich zu verbannen und jeden zu enthaupten, der von da an Geld gegen Wucher verleiht oder sich weigert, Geld gegen einen angemessenen Zinssatz zu verleihen.

Und so kam es, dass dieses Königreich nie wieder unruhige Zeiten erlebte.

Fünfzehntes Kapitel

Dies ist der achte und letzte Punkt dieses Dokuments, der einige sehr interessante Heldentaten meines Vaters enthält, von denen ich weiß, dass der Leser sie genießen und von denen er profitieren wird.

DRITTES DOKUMENT— FORTSETZUNG

Punkt Acht

UND nun bin ich verpflichtet, ein wenig persönliche Geschichte hinzuzufügen, damit sie zusammen mit den obigen historischen Berichten über die Taten und Aussagen meiner Vorfahren weitergegeben werden kann, damit künftige Generationen beim Nachdenken über ihre Leistungen nicht eingebildet werden, da diese von Jahr zu Jahr weniger wunderbar sein müssen, denn die großen Männer werden rapide weniger und die Erde wird schließlich keinen einzigen mehr besitzen, dessen Taten es wert wären, aufgezeichnet zu werden.

Aus Stolz auf die vergangene und vergängliche Größe meiner Vorfahren und ihrer Nachkommen gebe ich meinem Verantwortungsgefühl nach und verfasse eine oder zwei Skizzen, die bei meinen Kindern und ihren Kindern die Dankbarkeit wecken sollen, dass sie meine Kinder und damit die Kinder meiner Vorväter gewesen sein durften.

Man sollte also wissen, dass meine große Neigung der Krieg war. Das Klirren der Waffen hatte schon immer eine Faszination, der ich nicht widerstehen konnte. Und dieser einen Tatsache verdankt mein Volk seine Existenz, denn wäre ich an einem bestimmten Tag zu Hause geblieben, wäre das ganze Land verwüstet worden und das Königreich wäre in andere Hände übergegangen. Es geschah folgendermaßen:

Die Armee unseres Königs kämpfte seit vielen Monaten ununterbrochen und war so stark, dass die Vorräte erschöpft waren und die Krieger zu verhungern begannen. Zwar kann ein Ritter viele Tage ohne Nahrung überleben und kämpfen, ohne bei seiner Hinrichtung zu verlieren, aber es gibt eine Grenze, jenseits derer seine Macht schwindet. Diese Grenze wurde vor einiger Zeit erreicht und unsere Ritter waren nur noch Schatten, während die Streitkräfte unserer Feinde noch gut mit Nahrung versorgt waren, kräftig und ungestüm waren und große Teile unserer Ritter mit Leichtigkeit niederstreckten.

Ich war vom Schlachtfeld zurückgehalten worden, da der König auf meine persönlichen Dienste nicht verzichten konnte. Als mir dieser Sachverhalt jedoch bekannt wurde, sagte ich dem König, er müsse meine Abwesenheit entschuldigen, und reiste – sehr zu seinem Missfallen – ab.

Als ich das Lager erreichte, sank mir das Herz, denn der Anblick der ausgezehrten Gestalten dieser mächtigen Männer erfüllte mich mit tiefer Trauer, die zwar geistig noch entschlossen, aber körperlich außer Gefecht gesetzt waren.

Ich hatte einen großen Bohrer mitgebracht, den ich auf jede beliebige Länge bringen konnte, und nachdem ich einige Augenblicke mit Kalkulation verbracht hatte, bohrte ich mit solcher Beharrlichkeit, dass der Bohrer von übermenschlicher Kraft nach unten gedrückt zu werden schien. Während ich mit einer Hand bohrte, formte ich mit der anderen ein großes Becken um mich herum aus weichem Gestein oder Zement, den ich mitgebracht hatte, das so schnell aushärtete, wie ich es in die richtige Form gebracht hatte, was zu dem Zeitpunkt geschah, als ich meinen Bohrer in der richtigen Tiefe hatte.

Daraufhin zog ich die Schnecke heraus und räumte mit einem einzigen Satz das Becken frei, als ein Flüssigkeitsstrahl in voller Größe des von der Schnecke geschaffenen Lochs nach oben schoss und das Becken bald bequem gefüllt war.

Die Männer waren alle sehr durstig und rannten mit großer Geschwindigkeit zum Rand des Beckens und begannen zu trinken. Es tat meinem Herzen gut, den Ausdruck der Freude zu bemerken, der sich augenblicklich auf ihren abgemagerten Gesichtern ausbreitete, und zu sehen, wie sie ihren Kameraden mit den Händen Zeichen gaben, sich zu beeilen, ohne jedoch ihre Lippen von der Flüssigkeit zu nehmen. Ihre Stärke nahm zu, als ihr Hunger nachließ, und als sie satt waren, fielen sie wie ein Wirbelwind über den Feind her und schlachteten ihn in alle Richtungen ab, und wer nicht getötet wurde, floh überstürzt aus dem Land.

Dann wurde bekannt, was für ein Frühling es war, der so anregend war, und wie er zustande gekommen war.

Da ich die geologische Formation der Gegend gut kannte, war mir bewusst, dass in einer bestimmten Tiefe ein Strom heißen Wassers floss; darüber befand sich eine Schicht Austern und Schalentiere, die dort durch den Abfluss einer Meeresbucht zurückgeblieben waren; darüber befand sich eine Salzschicht, die die Austern frisch und gut gehalten hatte; darüber befand sich eine Schicht scharfer Erde; darüber hinaus die gewöhnlichen Einlagen. So strömte zuerst das heiße Wasser durch das Austernbett, verwandelte die Austern in Suppe, die dann durch das Salz strömte und so angenehm gewürzt wurde, und dann durch die scharfe Erde strömte und gerade genug Würze erhielt, um den Appetit anzuregen .

Und so eroberte die von der Natur bereitgestellte Austernsuppe das Königreich für unseren König.

Ein anderes Mal veranstaltete der König zu meinen Ehren eine große Wolfsjagd. Da ich wusste, dass die Straße durch ein Land voller breiter und schmaler Bäche führen würde, wählte ich ein sehr schlankes, aber äußerst drahtiges Ross für einen Zweck, der später näher erläutert wird.

Als der Wolf geortet und losgerannt wurde, kamen die Hunde voller Geschrei den Berghang hinunter. Ich war ausgestiegen, um den Gurt enger zu machen, als sie ausstiegen; Aber das beunruhigte mich nicht im Geringsten, da ich mir und meinem Pferd völlig sicher war.

Wie erwartet überholte ich sie am Ufer eines sehr tiefen und heftigen Baches. Einige Pferde hatten das Waten abgelehnt, und einige Reiter, die es für unklug hielten, sich zu wagen, hatten einen anderen Weg eingeschlagen. Ich drückte auf die Hupe, als ich mit voller Geschwindigkeit weiterfuhr, ungeachtet der Warnschreie, die aus ihren Kehlen ertönten. Mein Pferd prallte gegen den Rand des Ufers, machte einen mutigen Satz, wäre aber etwa zu einem Drittel des Weges im Wasser gelandet, aber da es ein Mann von außerordentlicher Kraft war, hob ich es gerade in dem Moment hoch, als es die Wasseroberfläche berührte Er berührte den Sattelknauf, und er machte einen weiteren Sprung, und gerade als er wieder aufs Wasser traf, hob ich ihn noch einmal hoch, und mit einem gewaltigen Sprung erreichten wir die andere Seite, gerade als die Hunde den Wolf nach wenigen Minuten in Schach gehalten hatten Hundert Meter.

Da ich es für unfair hielt, meinen Brüdern die Freude am Tod zu rauben, wartete ich mit erhobener Lanze auf sie.

Der Wolf war der König seiner Rasse und tatsächlich sehr zäh, wie sich später herausstellte. Denn als meine Kameraden ankamen, durchbrach er die Hunde und rannte mit langen, schnellen Sprüngen davon.

Da die Entfernung zu groß für meine Lanze war, zog ich mein Winchester, zielte gezielt und ließ mein Pferd bei voller Geschwindigkeit los. Der Wolf war so erschrocken, dass er sich abrupt nach rechts drehte, als die Kugel seine Mitte erreichte und ihn mitten durchbohrte. Dadurch wurde die Kugel mit unverminderter Geschwindigkeit zurückgeschickt, traf mein gutes Pferd zwischen den Augen und durchbohrte es der ganzen Länge nach.

Und danach war er bei der Jagd auf wilde Tiere nutzlos, denn die Kugel hatte die Knochen seines Kopfes rund um das Loch derart verformt, dass er sich bei jedem schnellen Gang in eine riesige Orgelpfeife verwandelte und das Wild erschreckte, lange bevor wir es fanden.

Tatsächlich war der Wolf jedoch tot und ich hatte die Ehre, seine Kopfhaut nach Hause zu bringen. Die Todesursache hätte ich fast vergessen zu erwähnen, denn die Kugel tötete ihn nicht.

Nachdem er sich umgedreht hatte und der Flug des Geschosses ihn sehr gereizt hatte, ging er direkt auf mich zu. Kurz bevor er mich erreichte, wendete ich mein Pferd auf eine Seite, bückte mich und stieß ihm meine Lanze in die Kehle, erwischte den Kopf, als er durchkam, und brachte den Wolf, der schön darauf aufgespießt war, wieder hoch – er war zu diesem Zeitpunkt mausetot, denn die Lanze war durch sein Herz gegangen.

XVI

Darin berichte ich von einigen außergewöhnlichen Vorkommnissen, die sich auf meiner Reise durch eine Bergregion zutrugen und die der breiten Öffentlichkeit einigermaßen bekannt sind. Die wichtigsten davon waren ein mitternächtlicher Angriff einer Löwenherde auf mich und ein Wettrennen ums Leben auf dem Rücken eines Straußes, den ich in der Wüste ausgebrütet hatte.

Die Lektüre der vorangegangenen Dokumente hat mir viel Freude und Nutzen gebracht, und ich bin sicher, dass der Leser davon entzückt war; obwohl ich gestehen muss, dass ich in einem wesentlichen Punkt sehr enttäuscht war, nämlich dass sie, obwohl sie interessante Episoden und nette kleine Geschichtsabschnitte schilderten, mir eine eher dürftige Vorstellung von meinen Vorfahren vermittelten, die ich als fähige und bedeutende Männer am meisten geschätzt hatte. Mit Ausnahme einiger weniger Fälle wurde diese Vorstellung, wie ich sage, zu meinem großen Verdruss nicht durch die Dokumente bestätigt. Ich hatte verstanden, dass die Wunder, die sie vollbracht hatten, aufregend, blutrünstig, feuerspuckend, furchterregend usw. gewesen waren, und sie im Vergleich zu meinen eigenen Heldentaten, die ich später mit Vergnügen erzählen werde, so außerordentlich milde zu finden, war, wie ich noch einmal sage, entschieden demütigend. Die veröffentlichten Reiseberichte meines Großvaters ließen mich glauben, dass es, wenn ich die wahre Geschichte der Sache erfahren könnte, Nahrung für die Götter gäbe und ich Brühe für die Kranken gefunden hätte.

Aber wie dem auch sei, es gab einen Teil der Unterlagen, der mich ein- oder zweimal darüber nachdenken ließ, zum Mittelpunkt der Erde zu reisen, was ich dann auch tat. Von meinen Erlebnissen während dieser Reise werde ich Ihnen ein anderes Mal berichten.

Es genügt also zu sagen, dass die Reise für mich mit einem Vulkanausbruch endete, und ich werde Ihnen erzählen, was unmittelbar nach meiner Ankunft geschah.

Ich war etwas beunruhigt, als ich feststellte, dass ich auf einer kleinen Lichtung in einem Kiefernwald in großer Höhe gelandet war. Wäre da nicht die Hitze gewesen, die der Vulkanausbruch verursacht hatte, hätte ich mich zweifellos mehrere Meter tiefer in einer Schneewehe wiedergefunden. Aber das Feuer aus dem Krater war so heiß gewesen, dass der Boden fast zu heiß war, um darauf zu stehen, und ich beeilte mich, ein bequemeres Quartier zu finden.

Als ich durch den dichten Wald ging, hörte ich ein lautes Zischen hinter mir und beobachtete zu meinem Erstaunen, wie ein Lavastrom mit rasender Geschwindigkeit hinter mir herströmte. Es war so breit, dass ich nicht kontern und hoffen konnte, zu entkommen. Zufälligerweise lag vor mir eine unauflösbare Masse aus umgestürztem Holz, fast ausschließlich aus Pechkiefern, und ich stellte mich schnell darauf. Es war so verfilzt, dass ich glaube, es hätte ein praktisches Floß ergeben, auf dem ich den Abhang hinunterfahren konnte.

Dann kam die Lava, schoß und spritzte dahin, bis sie mein Floß an ihrem glühenden Busen hochhob und es schnell weiter trug, wobei sie auf ihrem Weg alles andere verschlang.

Ich bemerkte bald, dass es ebenfalls in mein Rettungsboot eindrang, und die dichte Rauchwolke, die daraus aufzusteigen begann, brachte mich auf eine Idee.

Mein Mantel hatte mir bisher gute Dienste geleistet, und ich bereitete ihn jetzt mit größerer Sorgfalt vor und leistete ihm daher bessere Dienste als bei meinem Abstieg vom Himmel.

Ich befestigte an jeder Ecke ein Seil und es füllte sich schnell mit einer Masse pechigen Rauchs, der überall um mich herum aufstieg. Ich hatte mich nicht allzu früh fertig gemacht, denn die Hitze begann mir zu brennen, als der Ballon einen Moment lang an seiner Ladung zerrte und langsam aufstieg. Um sicherzustellen, dass die Fahrt ausreichend lange dauerte, schnappte ich mir eine Reihe großer, wütend lodernder Kiefernzweige und hielt sie unter meinen Streitwagen.

Ich muss den Bewohnern ein seltsames Schauspiel geboten haben, als ich an meinem Fallschirm hängend durch die Luft schwebte und von einem Ring aus blinkenden, stotternden, zischenden Fackellichtern umgeben war. Dort, wo sich die Seile kreuzten, hatte ich einen ziemlich bequemen Platz, und von dieser Position aus wählte ich einen grünen Ort zum Aussteigen, und das gelang mir bemerkenswert gut, denn ich landete nicht nur auf einer schönen weichen Stelle, sondern auch noch deutlich besser, denn ich war tierisch hungrig , in einem Jägerlager, und es war erst kürzlich besetzt worden, denn an einem Baum standen, wie ich erfuhr, mehrere schöne Remington-Gewehre und eine Winchester mit vollen Magazinen.

Was mich dann störte, war der Aufenthaltsort der Besitzer dieser schönen Artikel; Aber da die Nacht schnell hereinbrach, machte ich es mir bequem, um gut schlafen zu können.

Ich kann nicht sagen, zu welcher Stunde ich von einem schrecklichen Brüllen in der Nähe geweckt wurde. Ich legte mein Waffenarsenal bereit und wartete erwartungsvoll auf die Entwicklung, denn ich wusste, wenn es etwas gab, in dem ich ein Experte war, dann den Umgang mit Schusswaffen.

Es gab keine große Verzögerung bei den Operationen, denn die Löwen waren zweifellos durch die Hitze des Vulkans und durch das Licht, von dem ich bald eine riesige Schar schöner Tiere auf dem ersten Grat zwischen mir und dem grellen Berg entdeckte, aus ihren Schlupfwinkeln vertrieben worden . Ich zählte hundert, und es waren noch viele, sehr viele mehr – ganz zu schweigen von den Jungen. Und ich führte die Wildheit der Alten auf die Anwesenheit dieser Jungen zurück.

Mein erfahrenes Auge sagte mir, dass sie direkt auf mich zukamen und ich mich auf sie vorbereiten musste. Mein Wissen über dieses Spiel war so groß, dass ich wusste, dass meine Artillerie gegen diese raubgierigen Tiere überhaupt nichts ausrichten würde, wenn sie mich erst einmal gewittert hatten, was sie schnell taten.

Was ich nun tun sollte, tat ich mit Schnelligkeit, nämlich eine Palme zu erklimmen und mich in ihren Zweigen niederzulassen, wobei ich die Seile mitnahm, mit denen ich meinen Fallschirm gebaut hatte.

Wie gewöhnlich ging der Herrscher der Herde voran und kam als Erster unter den Baum. Er folgte meiner Spur und steckte seinen Kopf durch die Schlinge, die ich zu diesem Zweck herabgehängt hatte. Daraufhin versetzte ich ihm einen so plötzlichen und kräftigen Ruck, dass ihm das Genick brach. Ein anderer kam und ich ließ ihn hängen. Und so ging es weiter, bis zwei massige Kerle gleichzeitig ihre Köpfe hineinsteckten, und da ich wusste, dass es zusätzliche Anstrengung erfordern würde, solche Wirbel zu brechen, versetzte ich ihnen einen zusätzlichen Dreh; aber es scheint, als wären sie genau im selben Moment in die Luft gesprungen, und durch die Kraft meines Arms und die Elastizität ihrer Gliedmaßen erreichten sie eine solche Höhe, dass sie über den Baum hinwegflogen und, was das Schlimmste war, meine Schlinge mit sich rissen.

Es waren noch etwa zwanzig Weibchen und ihre Jungen übrig, und diese schienen geneigt zu sein, dort draußen zu campen, was mir überhaupt nicht gefiel. Sie müssen fast verhungert gewesen sein, denn sie fielen mit einem schrecklichen Knurren und Schnappen auf die Körper ihrer Herren und Herren.

Alles wäre wahrscheinlich gut gegangen, wenn ich nicht aus lauter Frechheit eines der Jungen mit der einzigen Kugel, die ich mitgebracht hatte, erschossen hätte, ohne zu glauben, dass ich überhaupt Gelegenheit haben würde, die Schusswaffen zu benutzen. Das verärgerte die Mütter so sehr, dass sie einen Rat berieten, wie sie mich unterkriegen könnten. Sie fingen an, um die Waffen herum zu riechen, und ich war wie vom Donner gerührt, als ich sah, wie eine alte Frau mit grauem Schnurrbart die Winchester zwischen ihre Pfoten nahm, sie auf mich richtete und begann, nach dem Abzug zu fummeln. Ich verlor nicht meine Geistesgegenwart und setzte einen weiteren Plan in die Tat um, um mich von diesen widerlichen Bestien zu befreien.

Meine Bauchrednerkenntnisse kamen mir dabei sehr zugute. Ich warf meine Stimme in ein Gebüsch direkt hinter der Dame mit dem Gewehr, was sie so erschreckte, dass sie die Spitze des Gewehrs senkte und während sie sich umdrehte, um den genauen Aufenthaltsort des Eindringlings zu erfahren, schoss sie zwölfmal in schneller Folge mit dem Gewehr los und tötete mit jedem Knall einen Löwen. Dann warf ich meine Stimme so, dass sie sich weiter umdrehte, und bis sie wieder am Ausgangspunkt angekommen war, hatte sie mehrere weitere erledigt.

Dann warf ich meine Stimme direkt unter sie und stieß einen fürchterlichen Schrei aus, woraufhin sie in die Luft sprang und dabei ihr Gewehr abfeuerte, das zufällig auf die anderen Gewehre gerichtet war, und die Kugel traf irgendwie so, dass mehrere von ihnen abgefeuert wurden, wobei eine der Kugeln sie auf hervorragende Weise erledigte, während die anderen die wenigen Verbliebenen töteten.

Ich stieg schnell von meinem Hochsitz herab und fing alle Jungen ein, band sie zusammen und fütterte sie mit dem Fleisch der toten Löwen.

Am Morgen kehrten die Jäger zurück und waren erstaunt über die Verwüstung, die ich unter den Löwen angerichtet hatte. Sie konnten gar nicht genug gratulieren. Ich verkaufte ihnen die jungen Löwen für ein hübsches Vermögen und gab ihnen die Felle der alten, da sie für einige Museen und Parks arbeiteten und für ihre Arbeitgeber Löwen jagten. Sie hatten vorgehabt, ein Jahr zu bleiben, und dies war ihr erstes Lager. Da sie nur zwanzig Löwen wollten, konnten sie jetzt sofort mit ihrer Herde von fünfzig wunderschönen Jungen zurückkehren.

Nachdem sie jubelnd weggegangen waren, nahm ich einen anderen Weg, der mich schließlich in die Wüste brachte.

Da ich eine Oase erreichen wollte, setzte ich meinen Weg fort, wurde aber von der Nacht übermannt. Ich legte mich auf einen kleinen Hügel und schlief ein.

Bei Tagesanbruch wurde ich durch die Annäherung eines Schwarms Strauße geweckt, der durcheinander auf mich zukam. In meiner Eile, auf sie vorbereitet zu sein, holte ich meine brennende Flüssigkeit aus meiner Tasche, und bevor ich sie herausholen konnte, war ein Teil davon auf dem Hügel verschüttet worden. Ich hatte kaum Zeit, den jungen Strauß um den Hals zu packen, der durch die Hitze meiner Flüssigkeit geschlüpft war – denn es war ein Straußennest, auf dem ich geschlafen hatte.

Dieses Küken muss ziemlich gut mit der Flüssigkeit gesättigt gewesen sein, denn sein Wachstum war erstaunlich. Da er so plötzlich geboren worden war und daher ein Neuling in der Nachbarschaft war, fürchtete er sich vor dem Lärm der Mütter und Väter der Brut und rannte mit mir auf dem Rücken in Höchstgeschwindigkeit davon .

Ich kann mir die Bemerkung verzeihen, dass es das schönste Rennen war, das ich je gesehen habe, und ich glaube, dass ich jetzt etwas sehr Verächtliches getan habe, auch wenn es mir damals nicht so vorkam.

Die Herde hatte reife Federn und stellte einen stattlichen Haufen Gold dar. Während ich dahinraste, beschäftigte ich mich mit dem Problem ihrer Gefangennahme, und es dauerte nicht lange, bis ich einen Plan formulierte.

Nachdem ich die wachsende Wirkung der Flüssigkeit auf das Küken beobachtet hatte, verteilte ich noch etwas davon auf ihm. Das Ergebnis war in der Tat wunderbar, denn er wuchs so groß, dass mir beim Anblick des fliegenden Bodens schwindelig wurde. Er dehnte sich in alle Richtungen aus und sein Rücken wurde so groß, dass ich bequem darauf herumlaufen konnte.

Mit etwas Vorsicht befestigte ich ein Gebiss in seinem Maul und stellte erfreut fest, dass er recht bereitwillig auf die Zügel reagierte.

Dann drehte ich ihn um und rannte auf die Herde zu, die mit offenem Mund dastand – denn keiner von ihnen hatte je ein solches Küken gesehen. Sein Tritt ließ die Erde so erzittern, dass sie Angst bekamen, und sie rannten mit Höchstgeschwindigkeit davon, was mir ziemlich langsam vorkam, da ich nicht die geringsten Schwierigkeiten hatte, erst eins und dann ein anderes niederzureiten und die besten Federn herauszuziehen. Das machte ich so lange, bis ich einen Ballen von vielen Quadratfuß hatte. Dann versetzte ich sie in Raserei und sie huschten über den Sand außer Sichtweite. Daraufhin hielt ich mein Pferd an und stieg mit meinem Ballen Straußenfedern ab. Vielleicht war es die Liebe zu Mutter oder Vater oder zu Hause, jedenfalls ergriff irgendetwas, irgendein Impuls Besitz von meinem Küken und es trabte davon und ließ mich im brennenden Sand zurück. Ich packte es beim Losrennen am Schwanz, konnte aber nur fünfzig oder sechzig Federn herausziehen, jede etwa zehn Fuß lang und alle schön gekräuselt.

Ich war etwas müde und legte mich auf meinen Ballen. Als ich aufwachte, war ich von einer Herde Araber umgeben, die alle ihre Gesichter im Sand vergruben und Ermahnungen murmelten. Ich sprach in ihrer eigenen Sprache und befahl dem Shiek, aufzustehen. Als er dies getan hatte, fragte ich ihn nach dem Grund für dieses Verfahren. Er schien sprachlos zu sein und hatte kaum noch Kraft genug, um auf die Federn des jungen Vogels zu zeigen.

Ich fragte ihn, was das damit zu tun habe, und nach etwa einer Stunde des Drängens erzählte er es mir unter größter Mühe, aber er musste den langen Federn den Rücken kehren, denn jedes Mal, wenn seine Augen sie erblickten, war er wackelte und drehte sich, keuchte und würgte und hätte seinen Kopf in den Sand zu meinen Füßen gesteckt, wenn ich ihn nicht dazu gebracht hätte, gerade aufzustehen.

Er sagte, ihm fehlen die Worte, um seine Bewunderung für einen Mann zu beschreiben, der solche Federn finden kann. Nach etwa einer weiteren Stunde gelang es ihm, die Federn wieder gelassen anzusehen, obwohl er dabei äußerst vorsichtig vorging. Er drehte sich jeweils nur Zentimeter für Zentimeter und warf zuerst einen ganz kleinen Blick aus dem Augenwinkel, dann einen etwas größeren, nachdem er seine Krämpfe überwunden hatte, und so weiter, bis er schließlich einigermaßen wieder zu richtigem Denken fähig war. Dann bat er um das Privileg, eine der Federn in die Hand nehmen zu dürfen. Ich reichte ihm eine, woraufhin er seinen Anhängern laut zurief, die aufsprangen und zu singen begannen, während er die Feder hin und her schwenkte. Als er fertig war, gab er sie mir sehr zärtlich zurück und fiel auf sein Gesicht, woraufhin die anderen es ihm gleichtaten.

Ich sprach noch einmal mit ihm, befahl ihm aufzustehen und seinen Kameraden, dasselbe zu tun. Dann teilte ich ihnen meinen Wunsch mit, meine Vorräte zu verkaufen. Sie konnten nichts tun, außer mich und die langen Federn anzuschauen; sie sagten kein Wort, denn ich war so empört, dass ich sagte, wenn sie nicht kaufen wollten, sollten sie verschwinden.

Sie schüttelten den Kopf und sagten, es gäbe keinen Mann unter ihnen, der reich genug wäre, um sie zu kaufen. Ich sagte ihnen, sie sollten ihr Geld vor mir aufstapeln, damit ich wüsste, wie viel sie hätten. Ich war überrascht über die Menge; es war beträchtlich – so viel, wie ich eigentlich brauchte. Ich teilte den Ballen in gleiche Teile, einen für jeden Araber, und fragte sie, ob das ein fairer Tausch für ihr Geld sei, und seit ich schwimmen gelernt habe, habe ich kein solches Grinsen mehr gesehen.

Es waren fünfzig Frauen in der Gruppe, und jeder von ihnen gab ich eine Feder vom Schweif meines gefiederten Pferdes, und sie umarmten mich abwechselnd – tatsächlich hielten sie so lange, bis ich von Kopf bis Fuß wund war, denn manchmal war es so Es waren drei oder vier auf einmal, vom Hals bis zu den Knöcheln aufgereiht, und ich flehte sie an, damit aufzuhören.

Der Shiek bestand darauf, dass ich als kleines Zeichen seiner Wertschätzung eine oder zwei Frauen aus der Gruppe auswählen sollte. Dieses freundliche Angebot lehnte ich höflich ab und begründete dies damit, dass ich ein abenteuerlustiger Mann sei und nicht mit einer Frau belastet werden könne. Daraufhin fing eines der schönsten Mädchen an zu weinen und sich die Haare auszureißen. Es fiel mir sehr schwer, ihre Trauer so weit zu reduzieren, dass sie sich von mir trennen konnte; aber schließlich konnte ich entkommen, indem ich einen Wasserbeutel mit Gold füllte und ihn ihr zusammen mit den restlichen langen Federn überreichte.

Die Araber boten einen hübschen Anblick, als sie durch die Wüste zogen, ihre Federn hübsch in Seidenpapier eingewickelt und über ihren Köpfen wehend.

XVII

Darin berichte ich über den Erhalt einer merkwürdigen Nachricht über eine wunderschöne Prinzessin und ein Labyrinth und mache mich auf die Suche nach beidem. Ich gebe auch einige Einzelheiten zu den Transaktionen auf dem Weg bekannt, die meiner Meinung nach für Ablenkung sorgen werden.

Als ich eine Oase erreichte, war ich sehr durstig und suchte den Brunnen auf, zu dem ich hinabstieg, und war gerade zufrieden, als ich unten einen eigentümlichen Stein entdeckte, den ich besorgte und untersuchte, als ich entdeckte, dass er hohl war. Jetzt wusste ich nicht, ob ich es aufbrechen oder auf andere Weise herausfinden sollte, ob es etwas Wertvolles enthielt oder nicht. Ich dachte eine Weile über das Problem nach, als ich feststellte, dass der Stein ziemlich weich war und leicht in meiner Hand zerbröckelte. Ich wollte es gerade wegwerfen, als ich etwas sah, das wie ein zu einem sehr kleinen Paket zusammengerolltes Stück Pergament aussah. Es stellte sich heraus, dass es das war, was ich vermutet hatte, und darauf stand Folgendes geschrieben:

Dem, der diese Botschaft finden wird, grüße ich und sage ihm, dass ich von großer Schönheit und Reichtum bin und dass ich diese Botschaft auf diese Weise ausgesandt habe, damit ich weiß, dass der, der sie mir überbringen wird, es ist ein Mann voller Zielstrebigkeit und Herzensgüte.

Denn ich bin einsam und verlassen und habe mich in die Mitte eines schwierigen Labyrinths begeben, das auch die Fähigkeiten der Scharfsinnigsten auf die Probe stellt.

Aber dem, der zu mir kommt und diese Botschaft bringt, werde ich meine Liebe, meinen Reichtum und meine Hingabe schenken.

Er wird das Labyrinth erkennen, denn es ist von dreireihigen, reinweißen Bäumen umgeben und liegt nicht viele Meilen von hier entfernt.

TÊTE-TÊTE.

Von allen Dingen, die ich am liebsten erleben wollte, war ein Labyrinth genau das Richtige. Und als ich darüber nachdachte, wurde mir klar, dass ich von der Welt genug gesehen hatte; eigentlich alles, was es noch zu sehen gab, und eine große Sehnsucht nach Ruhe und Erholung und der Gesellschaft einer liebenden Frau überkam mich und gab den Ausschlag.

Doch in welcher Richtung ich nach der Beute suchen sollte, wusste ich zunächst nicht, denn soweit mein Blick reichte, war nur Ödland und Sand.

Ich kletterte auf die Spitze einer großen Palme und blickte um mich, wurde aber nicht klüger.

Also legte ich mich zur Ruhe, schlief ein und träumte bis weit in den nächsten Tag hinein von der Prinzessin und dem lästigen Labyrinth.

Achtzehntes Kapitel

Ich setze meine Suche nach dem Labyrinth fort und stoße auf einen Einsiedler, der mir eine recht interessante Geschichte erzählt, die mein weiteres Vorgehen bestimmt.

Ich hatte aus den oben genannten Gründen ein Junggesellenleben geführt und war überaus zufrieden. Doch jetzt war in meinen Gedanken nichts als ein überwältigender Wunsch nach ehelichem Glück, und dieses Glück drehte sich weiterhin um den Verfasser der Botschaft, die ich ausführlich dargelegt habe.

Aufgrund meiner vielen Abenteuer und Reiseerlebnisse war ich bei vielen bewundernswerten Frauen sehr geschätzt, da Frauen auf die eine oder andere Weise mutige Männer mögen und ein Mann, der viel gereist ist, ihrer Meinung nach zwangsläufig mutig sein muss. Ich möchte nicht so verstanden werden, als ob sie mit mir geschlafen hätten; weit davon entfernt; sie waren zu poliert, aber ich bezweifle nicht, dass mein Anzug Anklang gefunden hätte, wenn ich dazu geneigt gewesen wäre. Aber jetzt verzehrte meine Seele die Anwesenheit dieses Unbekannten.

Die Tage der Magie waren vorbei, sonst hätte ich ihre Hilfe in Anspruch genommen. Und doch befand ich mich in einem Land voller Geheimnisse. Könnte ich nicht jemanden finden, dessen Vision diese Schöne finden könnte?

Ich suchte fleißig unter den Nomadenstämmen, jedoch ohne Erfolg. Viele dort erzählten mir viel, was ich wusste, und bei mehren Dingen habe ich nicht festgestellt, ob sie wahr sind oder nicht.

Ich verbrachte mehrere Monate mit diesen erfolglosen Bemühungen und wurde schließlich zu der Erkenntnis gebracht, dass ich nie versagt hatte, wenn ich mich auf meinen eigenen Einfallsreichtum verlassen hatte, und dass ich in diesem Fall auch nicht versagen sollte.

Eine kurze Zeit, die ich damit verbrachte, die Situation zu analysieren, und als ich zu diesem Schluss gekommen war, gab mir einen Operationsplan: Ich musste ein weiteres Luftschiff bauen und über das Land segeln, bis ich es fand, was sozusagen eine Frage von kurzer Dauer sein sollte Ich konnte hoch genug aufsteigen, ich konnte einen weiten Raum überblicken und musste die weißen Bäume aus großer Entfernung entdecken, und wenn sie einmal entdeckt waren, konnte nichts mehr daran hindern, das Ziel zu erreichen.

Ich reiste deshalb in die Berge, da ich mein Boot nicht aus geringer Höhe starten konnte.

Etwa auf halber Höhe des Berghangs stieß ich auf eine Hütte, die von einem Einsiedler bewohnt wurde. Nun war es so, dass eine Seite seiner Hütte aus einem einzigen Brett bestand – genau das, was ich wollte. Ich machte die Bemerkung, dass ich es ihm gern abkaufen würde. Über diesen Vorschlag lachte er maßlos. Was hatte er mit Gold zu tun? Er kaufte und verkaufte nichts. Er tauschte nicht einmal eine Sache gegen eine andere – nicht einmal, wenn es um Kleidung ging. Ich war überzeugt, dass ich kein anderes Brett finden würde, das meinen Bedürfnissen so gut entsprach, und ich ließ mich nicht abweisen.

Ich fragte ihn, unter welchen Bedingungen er sich davon trennen würde. Überhaupt nicht. Bildete es nicht eine Seite seiner Kabine und war es nicht genau das, was er an dem Ort brauchte, an dem es stand? Ich gab ihm Recht. Und er ging so weit zu behaupten, es sei sehr unfreundlich von mir, seine Entfernung vorzuschlagen. Er sagte nicht so viel, wie er gern gewollt hätte oder wie die Umstände es erlaubten, aber er erklärte, ich leide an einer der Krankheiten, die die Menschheit letztlich zugrunde richten, nämlich Selbstsucht; das sei der einzige Schandfleck in seinem schönen Leben gewesen und er sei hierhergekommen, um dafür zu büßen.

Ich zeigte mein Interesse und er erzählte die folgende Geschichte:

Die Geschichte des Einsiedlers

Im Frühjahr vor fünf Jahren war ich tatsächlich ein kräftiger Mann. Ich war so stark, dass es im ganzen Königreich nur wenige Männer gab, die die Kühnheit besaßen, sich mit mir zu messen, egal welcher Art.

Es gab eine sehr schöne Frau auf dem Land, um deren Hand ich mich bewarb. Ich kann es gleich zu Beginn sagen, ich hatte wenig Hoffnung, aber ich beschloss, wenn ich keinen Erfolg haben sollte, würde es kein anderer schaffen. Ihr Vater war sehr streng und gab ihr nur wenige Freiheiten, obwohl ihr mehr Zügellosigkeit zugestanden wurde als jeder anderen jungen Dame. Ihr Vater liebte sie innig und es war sein Wunsch, dass sie eine gute Ehe einging. Ich bin der Meinung, dass sie einen Wunsch in eine ähnliche Richtung geerbt hat, denn keiner ihrer Verehrer erhielt die geringste Ermutigung.

Zu der Zeit, als ich in ihr Leben eintrat, lebte dort ein ritterlicher junger Mann, der alles andere außer ihrer Liebe für nebensächlich hielt. Ich war schnell derselben Meinung. Jeder beobachtete genau, was der andere tat, und so traf ich ihn eines Tages im Wald bei der Jagd.

Als wir auf der Todesschwelle ankamen, ritt ich an eine auffällige Stelle und forderte jeden Mann, der Anspruch auf einen Freier um die Prinzessin erhob, zum tödlichen Kampf heraus – denn sie war eine Prinzessin und würde, wenn sie wollte, nach dem Tod ihres Vaters den Thron besteigen. Der junge

Mann ritt mit dem Speer in der Hand davon, und die ganze Truppe begab sich zu einer großen Lichtung in der Nähe, die wir eine Zeit lang umkreisten, als er plötzlich sein Pferd wendete und mit erhobener Lanze auf mich zukam. Ich war auf der Hut und zerbrach mit einer einfachen Drehung seine Lanze. Ich ritt davon, und ein Freund reichte ihm ein Breitschwert; meines lag an meiner Seite.

Ich hätte ihn früher töten können, wollte die Angelegenheit aber lieber in die Länge ziehen, um die Versammlung zu erbauen. Er schäumte vor Wut, und seine Augen blitzten gefährlich, als er im schwingenden Galopp kam, sein Schwert in einer sehr unangenehmen Position – so kam es mir vor, aber das Gegenteil bewies, und ich kam knapp ohne Verletzung davon. Mein Pferd war aus ausgezeichnetem Metall und schnaubte fröhlich. Ich wirbelte herum und ging auf meinen Gegner los.

Ich bemerkte nun, dass er Linkshänder war, was meine Vermutung über seine Unbeholfenheit begründete. Deshalb versuchte er, auf der entgegengesetzten Seite zu fahren, was ich zu verhindern versuchte, war aber nicht schnell genug und verlor den oberen Teil meines Helms, weil ich froh war, so gut davongekommen zu sein.

Meine Adern waren jetzt gut gefüllt, und ich biss die Zähne zusammen, als ich auf ihn zuraste, um ihm aus dem Weg zu gehen. Sein Schwert traf die Flanken meines Pferdes, als ich es mit einem Schlag schwang, der einen gewöhnlichen Mann entzwei gespalten hätte. Er fing es mit solcher Geschicklichkeit ab, dass mein Schwert in zwei Hälften zerbrach.

Ich stieg ab, zog meine leichte Damaszenerklinge und wartete auf ihn. Er war kein Zögerer und stand mir bald gegenüber, als die Gäste einen Kreis bildeten. Es war ein so schöner Kampf, wie man ihn sich nur wünschen kann. Ich habe noch nie einen Mann mit so einer Lunge gesehen. Er schien nie im Geringsten unter Atemnot zu leiden, obwohl ich ihn ziemlich beschäftigt hielt, und ich kann sagen, er hielt mich gut auf Trab. Keiner von uns konnte einen Punkt machen.

Plötzlich brach ein Page aus dem Hof in den Ring ein und rief laut:

„Meine Herren: Die Prinzessin lässt grüßen und sagt, sie habe erfahren, dass Sie sich ihretwegen dieser Tapferkeitsdemonstration hingeben. Daher lässt sie folgende Nachricht senden: Sie ist in keiner Weise neugierig, wie das Ergebnis aussehen könnte, da sie an keinem von Ihnen im Geringsten interessiert ist. Und sie sagt außerdem, wenn auch nur einer von Ihnen überlebt, wird er für den Rest seines Lebens aus dem Reich verbannt, weil er sich herablässt, ohne ihre Erlaubnis zu solchen Extremen zu greifen. Und wenn diese Nachricht dazu führt, dass der Kampf beendet wird, wird dies Ihre wahren Verdienste zeigen. Und sie möchte, dass ich meine Bemerkungen mit dem folgenden Manifest abschließe: Wer auch immer weiterhin Zeuge Ihrer Bemühungen auf diesem oder einem anderen Gebiet wird, wird mit Verbannung und Konfiszierung seines gesamten Eigentums und Titels bestraft.“

Daraufhin verließ er uns. Eine Zeit lang sprach und bewegte sich keiner von uns, die ganze Zuschauermenge verschwand und wir waren allein. Dann sprach er:

„Sir Swelltoad, Sie haben die Nachricht gehört. Der Kampf wurde ohne die Zustimmung von beiden abgebrochen, und deshalb muss ich Sie warnen und sagen, dass ich Ihre Verbannung beantrage. Was ist Ihr Wille?“

„Verteidigen Sie sich“, war meine Antwort.

Das ging schnell, denn er war inzwischen übereifrig, und bald saß ich auf meinem Pferd und bin hier, wo Sie mich gefunden haben.

Ich möchte noch hinzufügen, dass die Prinzessin vor zwei Jahren von der gesamten Menschheit so angewidert war, dass sie ein wundervolles Labyrinth für sich errichten ließ, dessen geheime Kammer sie einrichtete und niemanden empfangen wollte, der dessen Geheimnis nicht lösen wollte. Doch niemand, der je für sie gekämpft hat, darf versuchen, es zu betreten, bei Todesstrafe und auf höchst schändliche Weise.

Damit war die Geschichte des Einsiedlers zu Ende. Natürlich war mein Interesse geweckt, und mit aller Gelassenheit und Sorglosigkeit, die ich aufbringen konnte, versuchte ich geschickt herauszufinden, wo sich das Labyrinth befand. Ich sagte daher:

„Und hat niemand die Geheimkammer gefunden?"

„Niemand hat es gefunden, und niemand ist zurückgekehrt, denn es ist so konstruiert, dass es nach dem Betreten des Labyrinths keine Möglichkeit mehr gibt, zurückzukehren, und wer es betritt, wandert umher, bis der Hunger ihn tötet."

„Ist dieses Labyrinth weit entfernt?"

„Es ist die andere Seite der Berge", gab er zurück.

„Ich bin außerordentlich neugierig, wie diese Geheimkammer aussieht", bemerkte ich nachlässig.

„Lass mich dich von dem Unternehmen abbringen", sagte er, „denn es wird fruchtlos sein."

„Warum?" Ich fragte.

„Denn es ist ein wundervolles Labyrinth. Es ist voller Fallstricke und wildäugiger Tiere, und es ist für niemanden möglich, Erfolg zu haben. Ich sage das, weil ein äußerst beeindruckender Ritter, der dem Tod in jeder erdenklichen Form ausgesetzt war, sich vor einem Monat auf die Suche gemacht hat und nicht zurückgekehrt ist. Jeden Tag wird ein Herold ausgesandt, der ausruft, ob es jemandem gelungen ist. Vor einer Woche – die letzten Nachrichten, die ich hatte – war niemand gekrönt worden. Und niemand wird es jemals sein."

XVIIII

Ich betrete das Labyrinth und lausche den Regeln, die meinen Fortschritt darin bestimmen. Ich treffe auf einen schrecklichen Löwen, den ich ziemlich schnell überwinde, ebenso wie andere Schwierigkeiten, denen ich begegne, insbesondere eine riesige Schlange, die ich mit einer unverdaulichen Mahlzeit vollstopfe.

Trotz der Worte des Einsiedlers setzte ich meine Reise über die Berge fort. Als ich den höchsten Gipfel erreichte, sah ich ein Quadrat aus weißen Bäumen. Dieses war sehr groß und umfasste mehrere hundert Quadratmeilen Land voller Hügel und Flüsse. Mir fiel auf, dass die Bäume innerhalb des Quadrats so dicht beieinander standen, dass der Boden von meiner Position aus nicht sichtbar war, und wenn ich mit meinem Luftschiff darüber hinweggeflogen wäre, hätte ich nichts davon gemerkt.

Ich bemerkte jedoch auf jeder der vier Seiten etwas, das ich für einen Eingang hielt, und ging zum nächstgelegenen.

Als ich gerade eintreten wollte, wurde ich von einer Stimme angesprochen (deren Besitzer ich trotz meiner Bemühungen nicht ausfindig machen konnte), die sagte:

„Kommst du hierher, um um die Hand der Prinzessin anzuhalten?"

„Du sprichst mit großer Wahrhaftigkeit", antwortete ich.

„Dann beachten Sie die folgenden Regeln, von denen jede einzelne von Ihnen unter Androhung der Todesstrafe streng beachtet werden muss.

„Erstens: Wenn du wegen der Prinzessin gekämpft hast, kehre sofort um.

„Zweitens: Du sollst versuchen, die Geheimkammer mit keinen unfairen Mitteln zu erlangen.

„Drittens: Du sollst nicht laut sprechen, es sei denn, die Prinzessin selbst befiehlt es.

„Viertens: Du sollst keine Waffe tragen.

„Fünftens: Du sollst nichts töten.

„Sechstens: Du sollst kein lebendes Blatt, keine Blüte, keinen Zweig und keinen Zweig pflücken.

„Siebtens: Du sollst keine Spuren hinterlassen, anhand derer du deine Schritte zurückverfolgen kannst.

„Achtens: Du sollst unter keinem Vorwand von den Pfaden abweichen.

„Sind Sie mit diesen Regeln einverstanden?"

„Das tue ich", war meine Antwort.

„Ist Dir klar, dass das Brechen eines dieser Gebote Deinen sofortigen Tod zur Folge haben wird?"

"Ich weiß."

"Fortfahren."

Ich legte alle meine Waffen, von denen ich eine ganze Menge besaß, auf einen Stapel mit mehreren hundert anderen und blieb einen Moment innehaltend stehen.

Vor mir lagen drei Alleen, die so dicht von Bäumen mit so dichtem Laub gesäumt waren, dass der Himmel nirgends zu sehen war und tiefes Zwielicht unter ihnen herrschte. Eine führte geradeaus, eine nach rechts, eine nach links, und jede führte im rechten Winkel zur benachbarten. Alle waren gleich, mit diesem Unterschied: zwei von ihnen vermittelten mir irgendwie das Gefühl, viel begangen worden zu sein, während die dritte, die auf der rechten Seite lag, kaum benutzt worden war.

Ich wählte die rechte Seite und ging weiter.

Ich weiß nicht, wie weit ich gereist war, denn ich war zügig vorangekommen und der Weg war so kurvenreich und gewunden, als ich das leise Knurren eines eifrigen Löwen hörte. Ich begrüßte das Geräusch mit Freude, denn ich war überzeugt, dass der Weg zum Sieg sehr gefährlich und äußerst schwierig zu beschreiten sein würde, und ich war eine solche Strecke ohne Hindernisse zurückgelegt, dass ich langsam Zweifel bekam. Das gedämpfte Brüllen des Tieres beruhigte mich und ich marschierte weiter.

Ich kam an eine Stelle, wo sich die Straße in drei Richtungen verzweigte. Ich war dankbar, dass ich ein gutes Gehör besaß, denn mit seiner Hilfe konnte ich die Richtung einschlagen, die zum Löwen führte. Bald sah ich ihn ausgestreckt auf dem Boden liegen und an einem Knochen nagen, der wahrscheinlich alles war, was von einem seiner Freier übriggeblieben war.

Der Löwe hob den Kopf und sah mich lange und fest an, als wolle er sagen: „Was? Noch einer?"

Ich hatte gehört, dass ein Löwe, wenn er einen unerschrockenen Blick erhascht, sich zurückzieht, ohne zu versuchen, den Betrachter zu verletzen. Ich ging ein paar Meter näher heran und warf einen Blick auf seine Augen. Nach ein paar Minuten schien er leicht erstaunt zu sein, und ich ließ nicht locker. Dann begann sein Schwanz mit großer Kraft von einer Seite auf die andere zu schwingen. Seine nächste Bewegung war, sich für einen Sprung bereit zu machen. Vielleicht hatte er so viel von diesem Anstarren gehabt, dass er daran gewöhnt war; jedenfalls funktionierte es nicht so gut, und ich griff auf andere Taktiken zurück.

Ich musste an diesem Löwen vorbei, und der Weg war so schmal, dass sein Körper ihn völlig ausfüllte.

Ich blieb standhaft und sah, wie sich seine Muskeln anspannten, während sein Körper immer näher zum Boden kam. Dann begannen seine Fasern zu zittern, und ich wusste, dass der Moment gekommen war.

Mit einem gewaltigen Brüllen, das mich fast aus der Fassung brachte, sprang er in die Luft. Ich bückte mich und rannte mit großer Geschwindigkeit an ihm vorbei, während er zu der Stelle flog, die ich gerade verlassen hatte. Ich verringerte meine Geschwindigkeit auch nicht, bis ich einen Fluss erreichte, der mit rasender Kraft einen Kanal mit einem Durchmesser von fünfzehn bis zwanzig Fuß hinunterfloss. Als ich den Löwen kommen hörte, schaute ich mich um, denn ich wusste, dass der Löwe es nicht tun würde, wenn ich den Bach überqueren könnte, denn Löwen hassen Wasser, wie der gesamte Katzenstamm.

Ich wiederholte die Regeln so oft, dass ich sie auswendig kannte. „Du sollst kein lebendes Blatt, keine Blüte, keinen Zweig und keinen Ast pflücken", sagte einer von ihnen.

Nun sah ich eine tote Rebe, die von der Spitze eines Baumes hing und wenige Meter über dem Boden abgebrochen war. Letzteres entdeckte ich erst bei einer genaueren Untersuchung, denn das Ende war im Laubwerk verborgen. Der Löwe kam schneller, da meine Spuren noch so frisch waren. Ich packte das Ende der Rebe fest in meinen Händen und schwang mich hin und her, bis ich mit zusätzlicher Anstrengung die andere Seite erreichte, gerade als der Löwe die Stelle erreichte, von der ich geschwungen hatte. Indem ich die Entfernung sorgfältig abschätzte, schickte ich die Rebe in ihr Versteck zurück, damit ich nichts übrig ließ, an dem ich meine Schritte zurückverfolgen konnte, um einer anderen Regel zu entsprechen.

Ich glaubte, in der Nähe einen Ausruf zu hören, konnte aber nicht erkennen, woher er kam. Als die Nacht nahte, eilte ich weiter in der Hoffnung, einen sicheren Ort für die Nacht zu finden.

Ich war ein Stück weit auf verschlungenen Pfaden weitergegangen und hatte mich an einer Weggabelung rechts gehalten, bis ich oben auf einem Abhang stand, nach unten ging der schmale Weg weiter. Ungefähr auf halber Strecke sah ich eine riesige Schlange liegen, deren großes Maul direkt auf mich gerichtet war. Der Rest schlängelte sich zwischen den Bäumen und Sträuchern auf beiden Seiten hindurch, so dass ich keine Möglichkeit hatte, an ihr vorbeizukommen.

Wieder freute ich mich über diesen neuen Beweis, dass ich auf dem richtigen Weg war, und ersann einen Plan, mit dem ich die Schlange überlistete. Seit meiner Kindheit hatte ich große Freude daran, Reptilien zu überlisten, und es war mir immer gelungen; deshalb hatte ich in diesem Fall keine Angst.

Da mein Feind anscheinend noch halb schlief und wahrscheinlich schon von anderen Verehrern überrannt worden war, aber nicht auf die folgende Art und Weise, nutzte ich seinen Vorteil aus.

Auf der Spitze des Hügels wimmelte es von großen, runden Felsbrocken. Ich löste einen davon, es war ein gewaltiges Stück, und legte ihn in die Mitte des Pfades. Ich holte noch einen und noch einen, bis ich einen ganzen Vorrat an Kanonenkugeln aus Stein hatte.

Dann nahm ich eine von ihnen sehr genau ins Visier und schickte sie wirbelnd den Hügel hinunter. Sie ging zielgenau und drang in das Maul der Schlange ein, wo sie sie einen Moment lang am Boden festhielt. Dann eröffnete ich in aller Ernsthaftigkeit mein Salvenfeuer, und ein solch großes Abendessen hatte kein schuppiger Unmensch je, denn als ich zu Kaffee und Zigarren kam, war er so satt, dass die letzten paar gegen die in seinem Maul steckenden prallten und harmlos weiterrollten. Sein Zustand muss für ihn wirklich unangenehm gewesen sein, denn er lag jetzt so gerade wie eine Drachenschnur im Sturm, und er konnte nur ein heiseres Zischen ausstoßen, als ich an ihm vorbeiging und ihm viel Erfolg bei der Genesung von seiner Verdauungsstörung wünschte.

Ich war mir nun ziemlich sicher, ein unterdrücktes Lachen gehört zu haben, konnte jedoch im Laubwerk niemanden entdecken, da es mir unter keinen Umständen gestattet war, den Weg zu verlassen.

Ich setzte meine Reise fort und hatte kaum den Fuß des Abhangs erreicht, als eine solche Flut von Felsbrocken hinter mir herschoss, dass ich um mein Leben rennen musste, und ich bin ziemlich sicher, dass ich erledigt gewesen wäre, wenn der Weg geradeaus weitergegangen wäre; aber zu meiner großen Freude kam ich an eine abrupte Biegung und verlor keine Zeit, um die glückliche Ecke zu erreichen.

Der armen Schlange muss der Magen zu schaffen gemacht haben. Ich fürchte, die Anstrengung, die nötig war, um ihren überladenen Zustand zu lindern, hat ihn völlig außer Gefecht gesetzt, denn ich habe nichts mehr von ihr gesehen oder gehört.

Ich kam neben einen Abgrund, der mehrere Meter breit und außerordentlich tief war. Auf beiden Seiten gab es nichts als Gebüsch, und es war unmöglich, die eine oder andere Seite zu erklimmen. Es war mir auch nicht möglich, darüber zu springen, und ich bin kein schlechter Springer.

Es gab nichts, was irgendwie weiterhelfen konnte, außer einer bloßen Stange. Ich habe versucht, dies durchzusetzen, aber es gelang mir nicht. Ich versuchte, es umfallen zu lassen, aber seine Länge reichte nur ein wenig unter die Breite des Abgrunds, und ich hätte es fast verloren.

Ich war fast zu dem Entschluss gekommen, dort für die Nacht zu campen, doch ich schauderte, als ich an die Schlange dachte und daran, dass sie sie jagen könnte, wenn sie sich einigermaßen erholt hatte. Je mehr ich an diesen Giftspucker dachte, desto zögerlicher wurde es für mich, die ganze Nacht auf dieser Seite der Schlucht zu bleiben, unbewaffnet wie ich war und in keiner Weise vor etwas geschützt, das mir überallhin folgen konnte.

Vor Freude sah ich endlich einen Riss im Felsrand. Ich ergriff schnell die Stange, rammte ein Ende hinein und klemmte sie fest. Dadurch befand es sich in einer senkrechten Position und ich verlor keine Zeit, um es zu besteigen. Als es dort so kurz vorkam, fühlte ich mich geneigt, einen Sprung zu wagen; Aber mein Verstand kam mir zu Hilfe, und als ich das äußerste Ende der Stange mit beiden Händen sicher festhielt, begann ich, sie hinüberzufallen. Als ich gut durch die Luft geflogen war, drehte ich meinen Körper und verlängerte die Stange auf diese Weise um meine ganze Länge, was dazu führte, dass ich ausgestreckt, aber glücklich auf der anderen Seite lag und die Stange in den Bach stürzte. Somit blieb mir wieder nichts übrig, anhand dessen ich meinen Weg zurückverfolgen konnte.

Ich war außerordentlich erfreut, als ich nach nur einer halben Meile ein gemütliches Haus fand, denn ich war fest entschlossen, so viel Abstand wie möglich zwischen die Schlange und mich zu bringen. Denn wenn ich an ihre schreckliche Länge dachte, schien die Überquerung des Abgrunds für sie gar nicht so schrecklich – mit nur ein oder zwei Biegungen hätte sie ihn ohne weiteres überbrücken können.

Wie gesagt, ich war vom Anblick dieser Behausung entzückt.

Auf der Treppe saß eine alte Frau, und ich schenkte ihr einen schönen Tag. Sie sagte kein Wort, sondern stand auf und betrat das Haus.

Meine Nase sagte mir, dass es etwas in mir gab, das den Hunger lindern würde, der mir jetzt so viel Unbehagen bereitete, und ich folgte ihr.

Da stand ein Tisch mit einem Stuhl und sie war am Feuer beschäftigt. Ich stand neben dem Stuhl und sie sah mich mit allerlei Erstaunen an. Das verwirrte mich so sehr, dass ich mich auf den Stuhl setzte und sie mit dem Kochen fortfuhr.

Ich konnte der verlockenden Mahlzeit, die vor mir lag, nicht widerstehen, und da sie keinen Protest erhob, als ich einen Bissen genommen hatte, und ich sie dabei aufmerksam beäugte, nahm ich noch einen und noch einen, bis ich schließlich eine herzhafte Mahlzeit zu mir genommen hatte , und fühlte sich angenehm und geschmeidig an und war mit allem sehr zufrieden.

Ich stand auf und blickte um mich. Sie ging zu einer Leiter, die in ein Obergeschoss führte, schaute nach oben und verließ dann die Tür. Als sie zurückkam, was sie nach ein paar Minuten tat, war ich an derselben Stelle.

Sie ging wieder zur Leiter, schaute nach oben und wurde erneut ohnmächtig. Als sie wieder zurückkam, war ich immer noch da. Wieder ging sie zur Leiter, schaute ein drittes Mal nach oben und wurde ein drittes Mal ohnmächtig.

Was sie jetzt meinte, begann mir durch den Kopf zu gehen. Ich hatte nämlich so herzhaft gegessen und mich so wohl gefühlt, dass mein Gehirn vor meinem Körper eingeschlafen war, und ich hatte wirklich nicht nachgedacht. Aber jetzt ging ich zur Leiter und sah hinauf, und gerade tat ich das, als sie wieder zur Tür zurückkam, mir einen Blick zuwarf und wegging.

Dann stieg ich die Leiter hinauf und war fast eingeschlafen, bevor ich sie erreichen konnte; denn direkt vor meinen Augen stand das weichste Bett, das man sich vorstellen konnte. Ich kann mich also an nichts mehr erinnern, weder daran, ob ich mich einfach auf das gemütliche Ding fallen ließ und einschlief, bevor ich es aufschlug, noch daran, ob ich die übliche Routine durchführte.

Jedenfalls war meine Ruhe angenehm, denn sie war erfüllt von Träumen von der schönen Prinzessin, die ich bald sehen würde, denn mir schien, dass die Schwierigkeiten, die ich bereits überwunden hatte, größer waren als alle, die sich mir noch stellen könnten. Ach, wie sehr habe ich mich geirrt!

XX

Ich setze meine Reise fort, herrlich erfrischt von einer erholsamen Nacht. Ich erkläre, wie ich den wütenden Bären und einer Schar hungriger Alligatoren entkommen bin; wie ich die tödlichen Vipern bezauberte und wie ich einen glitzernden Granitabhang hinaufstieg.

Als ich am nächsten Morgen aufwachte, stieg ich hinab und fand ein herrliches Mahl vor, das mich erwartete. Das Angebot war so großzügig, dass ich erstaunt war. Da ich nicht wusste, wie lange es dauern würde, bis ich wieder so viel Glück haben würde, aß ich kräftig, und nachdem ich der alten Dame aufrichtig gedankt hatte, da sie stillschweigend, aber bestimmt jede Belohnung abgelehnt hatte, ging ich meines Weges.

Ich kam zu einer runden, klaren, mit Gras bedeckten Öffnung, einer Wiese, aus der unzählige Wege führten.

Ich legte mich so hin, dass ich jeden Pfad der Reihe nach inspizieren und aus dieser Entfernung jeden einer genauen Prüfung unterziehen konnte. Manche waren schmal, manche breit, manche mit Kies, manche mit Gras bedeckt, manche mit Blumen gesäumt, manche felsig, manche trocken, manche nass und sumpfig, manche gerade, manche krumm, manche mit Laub überhangen und auf manche schien die Sonne hell.

Auf einer Seite fielen die Hügel steil zur Wiese ab. An einer Stelle schien es eine kleine Höhle zu geben, aus der ein Wasserstrom floss. Da ich sehr durstig war, dachte ich, in der Höhle müsse eine Quelle sein, und dorthin lenkte ich meine Schritte. Der Strom war klares, sprudelndes Wasser, von dem ich reichlich trank. Aus der Höhle kam eine so kühle Luft, und da es in der Sonne ziemlich warm wurde, ging ich hinein, um mich während der Hitze des Tages hinzusetzen.

Ich hatte erst einen Augenblick da gesessen, als mich mein alter Forschergeist überkam und ich herauszufinden suchte, wie weit die Höhle in die Erde reichte, wohl wissend, dass ich leicht denselben Weg zurückverfolgen konnte, ohne unfaire Mittel anwenden zu müssen.

Ich ging ein großes Stück hinein und kam zu einer Abzweigung. Entlang einer dieser Abzweigungen glaubte ich einen Lichtpunkt zu erkennen, der auf ein anderes Ende der Höhle zeigte; der andere Gang war dunkel.

Nach einiger Zeit entdeckte ich, dass die erste Höhle voller Tiere war. Jetzt kam mir der Gedanke, dass dies aller Wahrscheinlichkeit nach der wahre Weg zur Geheimkammer war und dass ich den Gang nehmen sollte, der von den Tieren besetzt war. Also ging ich weiter, ganz sicher und zuversichtlich. Das Knurren und Knurren der Tiere wurde lauter, als ich näher kam, und als ich eine Wölbung im Tunnel erreichte, stellte ich fest, dass diese Höhle eine

Anzahl großer Bären enthielt, die ihre Köpfe hoben und die Luft beschnüffelten und mich offensichtlich witterten.

Wie sollte ich sie bestehen, denn ich musste sie bestehen, das war die Frage, die ich beantworten musste.

Sie waren äußerst wild, denn es waren Alte und Junge unter ihnen, und sie waren nun in einen Streit um eine sehr karge Mahlzeit verwickelt, die sie zweifellos mit großem Vergnügen größer und ihrer Zahl und Größe angemessener zubereitet hätten.

Eine alte, mürrische Bärin hatte beschlossen, den Eindringling zu beobachten und näherte sich mir, wobei sie sehr bedrohlich knurrte. Ich konnte sie nicht die ganze Zeit sehen, denn sie lief immer auf die eine oder andere Seite des Lichts und war dann fast immer in der Dunkelheit. Das machte es mir noch schwerer.

Ich durfte sie nicht töten, und auch keinen von ihnen. Aber ich musste an ihnen vorbei, und ich wollte an ihnen vorbei, ohne sie zu töten, denn ich hatte einen ausgereiften Plan dafür.

Ich wagte es nicht, meine Stimme zu benutzen, und es ist unwahrscheinlich, dass ich sie damit hätte erschrecken können. Da ich sehr schnell zu Fuß war, wich ich der Bärenmutter aus, die nach mir suchte, und näherte mich den knurrenden, schnappenden Jungen. Sie witterten mich plötzlich und wichen ein Stück von ihrer Mahlzeit zurück, bevor sie auf mich losgingen.

Ich hatte damit gerechnet, dass sie so handeln würden, und nutzte die Gelegenheit, eilte hinein und holte mir ihr Mahl, das aus einem jungen Reh bestand, obwohl ich befürchtet hatte, dass es sich dabei um einen anderen Verehrer handeln würde.

Ich wich zurück und sie folgten mir. Als sie ihre Geschwindigkeit erhöhten, erhöhte ich meine. Ich führte sie um die Höhle herum, weg vom Tunnel mit dem Licht am Ende. Als wir das andere Ende erreichten und auf das Licht zugingen, fing ich an zu rennen, und gerade als ich den Eingang zum beleuchteten Durchgang erreichte, ließ ich die Hirsche fallen und floh, während sie sich mit neuer Rache auf ihr Mahl stürzten, die alte Frau- Bär allein folgend. Ich ließ sie bald zurück und erreichte das Sonnenlicht, sehr zu meiner Erleichterung, die allerdings nur vorübergehend war, denn zwei riesige Bären kamen den Weg herauf. Mein Flug war so überstürzt gewesen, und ich flog jetzt mit einer solchen Geschwindigkeit, dass es mir unmöglich war, meinen Fortschritt aufzuhalten.

Sie stellten sich auf ihre Hinterbeine, um mich zu umarmen, und da ich ein Athlet war, machte ich einen fliegenden Satz und traf einen von ihnen mit solcher Wucht in den Bauch, dass er mit einem monströsen, missbilligenden

Grunzen zu Boden fiel, und ich sprang über seinen Körper Form und verschwand, bevor einer von beiden sich von dem Erstaunen erholen konnte, das sie so plötzlich überwältigt hatte.

Ich war so voller Verlangen, mein Unterfangen zu Ende zu bringen, dass ich viele Meilen lang nicht langsamer wurde und dies auch nur dann tat, weil ich am Rande eines schrecklichen Abgrunds angekommen war, an dem der Weg endete. Ich stand am Rande und schaute in einen tiefen See, der hundertfünfzig Fuß unter mir lag. Das Wasser war so klar, dass ich große Körper sehen konnte, die sich darin in alle Richtungen bewegten, bei denen es sich um große Krokodile handelte.

Es wäre ein Leichtes gewesen, mit dem Kopf ins Wasser zu stürzen, denn ich war ein erfahrener Taucher, aber wie sollte ich den Sauriern ausweichen? Dieses Problem wollte ich lösen, und das gelang mir auf die folgende bequeme Weise.

Der See war eine halbe Meile lang und am Fuße des Abgrunds nur wenige Meter breit. Ich hatte ungeheure Armstärke und nutzte die Wassertiere aus, indem ich eine Menge ziemlich großer Steine aussuchte und sie mit aller Kraft warf. Die Krokodile konnten die Strecke, die sie zurücklegten, bevor sie zuschlugen, nicht in mehreren Minuten durchschwimmen.

Als die Steine auf das Wasser trafen, gerieten sie außer sich vor Aufregung, machten sich sofort auf die Suche nach der Ursache der Störung und machten sich auf den Weg.

Als sie alle die Stelle erreicht hatten, sprang ich kopfüber ins Wasser, stieg mühelos an die Oberfläche und schwamm ans Ufer, bevor sie sich richtig auf den Rückweg gemacht hatten, um den neuen Tumult zu untersuchen.

Als ich auf dem Gipfel des Felsens stand, hatte ich überlegt, welchen von mehreren Wegen ich nehmen sollte. Der von mir gewählte führte durch ein Stück Grasland.

Ich war eine Meile weit oben, als ich merkte, dass mich ein Schwarm tödlicher Vipern behinderte, die den Weg so überschwemmten, dass ich kaum den Boden sehen konnte. Sie waren sehr ruhig, aber als sie meine Anwesenheit bemerkten, begannen sie so laut zu klappern, dass ich einen Moment lang dachte, es regnete Kieselsteine auf die Felsen.

Da ich ein sehr robustes Paar Stiefel besaß, das mir bis an die Beine reichte, hätte ich sie alle leicht zu Tode trampeln können, aber ich wagte es nicht, ihnen wehzutun, und ich wusste, dass der Versuch, an ihnen vorbeizukommen und sie unverletzt zu lassen, schlicht Selbstmord wäre. Ich fasste daher den folgenden Plan, um ihnen auszuweichen und meinen Weg fortzusetzen:

Als ich bei meinem Tauchgang durch das Wasser ging, hatte ich auf dem Grund des Sees eine schöne bunte Muschel entdeckt und mitgenommen. Jetzt sah ich sie mir genauer an. Da die Schlangen noch nicht entschlossen waren, mich anzugreifen, weil ich sie nicht gestört hatte, trat ich an einen großen Sandsteinbrocken in der Nähe und indem ich ihn als Schleifgerät benutzte, gelang es mir, das Ende der Muschel abzuschleifen. Dann bohrte ich mit Hilfe eines scharfen Steins in angemessenen Abständen acht Löcher hinein. Als ich fertig war, legte ich das Instrument an meine Lippen und begann darauf zu spielen, denn wie ich bereits sagte, glaube ich, dass ich ein versierter Musiker bin.

Ich führte zunächst eine leise, klagende Melodie auf, die meinem Publikum zu gefallen schien, und sie entspannten sich und nahmen eine weniger kriegerische Haltung ein. Dann verkürzte ich die Zeit und ließ sie vor Freude tanzen. Als ich sie so verzaubert hatte, ging ich vorsichtig ihre Nummern durch und wechselte zu einem sehr langsamen und schweren Takt und hatte sie in kürzester Zeit alle fest in Schlaf versetzt, in welchem Zustand ich sie verließ und weitermachte.

Ich näherte mich nun einem weiteren Berg und wurde plötzlich durch ein abruptes Ende des Pfades aufgehalten. Es war unverkennbar, dass der Pfad weder nach rechts noch nach links abbog, sondern dass der Weg zur geheimen Kammer eine senkrechte, dreißig Meter hohe und glasglatte Wand hinaufführte.

Das übertraf meine kühnsten Vorstellungen von Schwierigkeiten. Ich war völlig verblüfft und lag völlig entmutigt auf dem Boden. Es war meine erste wirkliche Entmutigung. Nie zuvor war ich auf eine unüberwindbare Barriere zwischen mir und meinen Wünschen gestoßen; aber hier schien einer zu sein, ohne den geringsten Zweifel.

Und ich war ausgesprochen müde, denn ich hatte eine weite Strecke zurückgelegt. Ich war mir auch durchaus bewusst, dass mein herzhaftes Frühstück seinen Zweck erfüllt hatte und meine Kräfte aufgrund des Hungers bald schwinden würden.

Ich sah, wie all meine Luftschlösser jämmerlich zusammenstürzten. Die liebe Prinzessin verschwand in der Ferne. Ich war so verärgert, so müde und so hungrig, dass ich eingeschlafen sein musste, denn ich wurde plötzlich wach, als ich spürte, wie etwas Kaltes über mein Gesicht lief. Ich dachte an „Schlangen“ aller Größen, aber es war nur eine harmlose Eidechse, wenn auch von beachtlicher Größe, etwa zwei Fuß lang. Es waren Hunderte von ihnen, und wie ich sie beneidete, als sie sorglos und, wie ich dachte, spöttisch über das Gesicht meines Feindes, den Granitabgrund, huschten. Sie jagten eine Art großes Insekt, das manchmal anhielt, um sich auf dem Felsen auszuruhen, und dann versuchte eine Herde, eine Beute zu machen.

Bei einem dieser Angriffe wurde das Insekt verletzt, entkam jedoch ihren Zungen, fiel mir vor die Füße und starb.

Meine Lebensgeister erwachten, und ich sicherte es mir schnell und steckte es in meine Tasche, damit ich es zum richtigen Zeitpunkt verwenden konnte. Ich habe im Gras viele tote, biegsame Wurzeln gefunden. Nachdem ich die erforderliche Anzahl davon besorgt hatte, nahm ich einige getrocknete Ruten und spleißte die Wurzeln zusammen, bis ich eine Stange mit der gewünschten Länge hatte.

Dies brachte mich zu dem interessanten Teil meines Plans, den ich aus der Beobachtung der Eidechsen entwickelt hatte, segne sie!

Dann band ich den Käfer an das Ende der Angelrute und lockte mit geschickter Handhabung meiner Angelausrüstung eine Eidechse nahe genug heran, um sie zu fangen, und dann noch eine, und noch eine, und noch eine, bis ich etwa zwanzig hatte. Ich war erstaunt über ihre Stärke. Als ich sie gefangen hatte, band ich den Schwanz einer an den Hals einer anderen, sodass ich nur noch eine festhalten musste, die letzte, und das reichte, denn sie wurden jedes Mal stärker, wenn ich eine hinzufügte. Endlich war mein Gespann angeschirrt, und es war ein stattliches Tandem, wobei das Zugpferd ein prächtiges Exemplar war, mit einem Schwanz von ausreichender Größe, dass ich es fest mit meiner rechten Hand greifen konnte.

Dann hielt ich den Käfer so vor meinen Anführer, dass alle ihn sehen konnten, und danach gingen sie alle. Ich ließ das Insekt die Oberfläche des Felsens hochklettern, und sie flogen mit solcher Geschwindigkeit, dass sie meinen Arm ganz schön verrenkten, als sie mich von den Füßen hoben und den Felsen hochkletterten, während ich baumelte. Vielleicht hatte ich diesen Schwanz nicht fest im Griff! Es ist ein Wunder, dass ich es nicht gerade herausgequetscht habe.

Als ich mich auf halbem Weg zwischen Oben und Unten befand, dachte ich wirklich, dass alles vorbei sei und dass sie zu dem Schluss gekommen seien, dass sich der Fehler sowieso nicht lohnte. Ich habe meinen ganzen Einfallsreichtum in dieses Insekt gesteckt und ihm ein so bezauberndes Aussehen verliehen, dass sie ihm nachgingen und ihn stets außerhalb der Reichweite des Anführers hielten. Aber dieses Mal musste ich jeden daran schnüffeln, und als ich es auf diese Weise eintauchte, dachte ich, mein Arm würde herauskommen, denn sie bückten sich buchstäblich, um es zu bekommen.

Als ich mich dem Gipfel näherte, musste ich natürlich schräg angreifen, da ich sie nicht direkt über die Kante führen konnte, und das tat ich, und als sie mich über die Kante auf schönes grünes Gras gezogen hatten, stieß ich, das kann ich Ihnen sagen, einen monströsen Seufzer des Sieges aus.

Aber ich war noch nicht aus dem Schlamassel. Natürlich hatten sie den Virus, und ich musste sie loslassen, was keine leichte Sache war. Schließlich gelang es mir, ich spannte mein gutes Gespann sofort aus und ließ sie frei, und jeder ging mit meinem Segen fort.

Ich war jedoch zu müde, um noch einen Schritt weiterzugehen, und wollte mich gerade in das süße Gras legen und schlafen gehen, als ich ein Haus erblickte, das dem des Abends zuvor sehr ähnlich war. Auf den Stufen davor stand eine andere alte Dame, die in jeder Hinsicht der ähnelte, die mir in dem anderen Haus das Essen gekocht hatte.

Sie nickte so mit dem Kopf, dass ich mich umdrehte und über das Land blicken konnte. Dort sah ich einen ganz besonderen Palast aus weißem Marmor mit einer Kuppel aus Amethyst, die gerade in den Strahlen der untergehenden Sonne glitzerte.

Ich sah sie fragend an und sie nickte auf eine Art und Weise, die mir versicherte, dass sie meinen Blick verstand.

Doch der Essensgeruch im Inneren verdrängte alles andere aus meinen Gedanken, und ich wagte es, hineinzugehen. Ich genoss eine reichhaltige Mahlzeit, die der vom Vorabend in jeder Hinsicht ebenbürtig war, danach stieg ich die Leiter hinauf und schlief bald ein.

XXI

Mit neuer Kraft aus einer weiteren Nacht erholsamer Ruhe setze ich meine Reise fort und überwinde nacheinander einen steilen Abhang, der mit runden, glatten, losen Steinen bedeckt ist, einen Schwarm Hornissen, einen rutschigen Zickzack-Abstieg, einen großen See voller Blutegel und einen Keil im Wald.

Was mich am Morgen für einen Moment störte, war die Tatsache, dass der Weg, den ich einschlagen musste, mich direkt von diesem teuren Palast wegführte; Aber das ließ mich nicht allzu sehr stören, denn die Anwesenheit des Palastes verriet mir deutlich, dass ich auf dem richtigen Weg war und ich auf keinen Fall davon abweichen würde.

Ich blickte lange und ernst auf das schöne Objekt, und als ich mich schließlich umdrehte und vorwärts ging, hörte ich einen Freudenausruf, und als ich die alte Frau ansah, die in der Tür stand, sah ich ein Lächeln auf ihrem Gesicht, und ich dachte darüber nach Sie hatte einem Gedanken in ihrem eigentümlichen Geist Ausdruck verliehen, denn ich sah nichts geschehen, was irgendein Gefühl hervorrufen könnte.

Ich reiste also weiter und gelangte zu einem steilen Abhang, der so mit perfekt runden, losen Kieselsteinen bedeckt war, dass es ein sehr gefährliches Unterfangen gewesen wäre, den Abstieg zu versuchen. Tatsächlich habe ich es versucht, und schnell warf ich mich hin, stürzte und landete voller Blutergüsse und Erschütterungen am Wegrand.

Ich kletterte nach oben, da ich nur ein paar Meter weit gekommen war, und setzte mich, wie es immer meine Gewohnheit war, wenn ich tiefer nachdenken wollte.

Als ich mich umsah, sah ich vier etwa gleich lange Totholzstäbe. Die habe ich gesichert, denn es waren weder „Blätter, Blüten noch Zweige". Als ich zwischen den Steinen suchte, fand ich vier, die Löcher hatten, und sie waren zufällig tief und groß genug, um die Enden meiner Stöcke aufzunehmen. Nachdem ich die Stöcke durch Einschlagen fest fixiert hatte, befestigte ich einige abgestorbene Wurzeln und band die anderen Stöcke so an die ersten beiden, dass ein sehr brauchbarer Wagen entstand, da ich sie so zusammengebunden hatte, dass die ersten beiden möglich waren sich leicht umdrehen.

Dann legte ich meine Hände auf die Vorderachse, um die Geschwindigkeit meiner Abfahrt zu regulieren, und meine Knie auf die Querstangen. Auf diese Weise kam ich ganz bequem hinunter. Obwohl ich etwas erschüttert war, erreichte ich den Boden in sehr guter Verfassung, da die Kieselsteine und Steine so unter meinen Rädern rollten, dass sie ein sehr weiches Kugellager bildeten, und der Abstieg war recht einfach, wenn auch schnell.

Hier begegnete mir eine weitere Schwierigkeit, und ohne meine Geistesgegenwart wäre ich sicherlich zu Tode gestochen worden, denn der Weg war buchstäblich voller Hornissen, die hier und da mit schrecklicher Geschwindigkeit brutzelten.

Ich riss schnell eine meiner Achsen ab, die hohl war. Der Weg hierher war voller Staub. Indem ich das Ende meiner Achse in den Staub steckte und mit meiner ganzen Lungenkraft hindurchblies, wirbelte ich eine solche Wolke auf, dass die Hornissen sich verirrten und mich nicht finden konnten. Indem ich langsam weiterging, von der Staubwolke bedeckt und vollständig darin eingehüllt, gelangte ich sicher durch das Revier der Hornissen und litt nur an einem oder zwei ihrer Stiche.

Als nächstes kam ich an eine Stelle, wo der Pfad einen weiteren Abhang hinunterführte, der so steil war, dass die Straße im Zickzack verlief, wobei jede Biegung einen sehr steilen Winkel bildete. Auf diese Weise sind die Straßen an den Seiten steiler Berge angelegt. Wäre der Straßenbelag nicht von einer besonderen Beschaffenheit gewesen, hätte ich leicht weiterkommen können; aber er war aus Speckstein, und da der Berghang voller Quellen war, blieb der Stein feucht und daher sehr rutschig. Eine der Regeln besagte ausdrücklich, dass ich unter keinen Umständen vom Pfad abweichen durfte, und ich wusste sehr gut, dass ich, wenn ich hinunterginge und ausrutschte, was sehr wahrscheinlich war, sicherlich über den Rand des Pfades schießen und damit die Regel brechen würde, wenn ich mir nicht das Genick brach, und wahrscheinlich wäre beides die Folge gewesen.

Selbst mit meinem Wagen konnte ich die abrupten Kurven nicht umfahren. Was also sollte ich tun? Wenn ich nicht meiner üblichen Methode gefolgt wäre, mich hinzusetzen und nachzudenken, wäre ich höchstwahrscheinlich jetzt oben auf dem Abhang und würde immer noch nachdenken.

Tatsächlich setzte ich mich zwar hin, blieb aber nicht sehr lange in dieser sitzenden Haltung, da sich direkt unter mir ein riesiges Hummelnest befand und einige der streitlustigsten von ihnen mir mit vorgehaltenem Schwert mein Eindringen in ihr Territorium übel nahmen, und ich schloss mich ihrer Ansicht sehr bereitwillig an.

Auf diese Weise gelang es mir, den Abstieg ohne die geringsten Unannehmlichkeiten zu bewerkstelligen. Denn ich zündete meine Pfeife an und blies eine Rauchwolke in das Nest, so dass die Bewohner nur zu gern wegflogen und mich mein Schlimmstes tun ließen. Das bestand darin, ihnen genügend Honig zu entwenden, um damit die Sohlen meiner Stiefel oft genug einzustreichen, damit sie in einem solchen Zustand blieben, dass sie fest am Speckstein klebten, bis ich die Ebene darunter erreicht hatte, was mir, wie gesagt, sehr gut gelang.

Am Fuße dieses Abhangs hatte ich einen weiteren Blick auf den prachtvollen Palast; aber der Weg führte wieder davon weg, und ich folgte ihm mit grimmiger Entschlossenheit, obwohl ich ein wenig an der Rechtmäßigkeit weiterer Hindernisse auf meinem Weg zweifelte. Doch sie war es, die sie geplant hatte, und ich war schließlich nur zu froh, ihrem süßen Befehl nachzukommen, da mir klar war, dass es nur eine Frage der Zeit war, da ich keine weiteren Hindernisse fürchtete. Und ich konnte mich nur dafür schelten, dass ich diesen Weg eingeschlagen hatte, denn es gab einen anderen, der direkt zu meinem Ziel führte. Obwohl ich das Gefühl hatte, dass ich auf all meinen Reisen in so kurzer Zeit noch nie mit so vielen Hindernissen konfrontiert worden war und sie gerne hinter mir gelassen hätte, konnte ich mich nicht davon überzeugen, dass der andere Weg der richtige war, und mein Urteil erwies sich erneut als unfehlbar.

Und das nächste Hindernis, das mich vorübergehend am Weiterkommen hinderte, hätte mich beinahe dazu gebracht, die ganze Sache aufzugeben. Das hätte ich wahrscheinlich auch getan, wenn ich nicht, als sich mein Unbehagen auf meinem Gesicht am deutlichsten abzeichnete, ein verächtliches Lachen gehört hätte. Wäre dieses Lachen nicht so stechend gewesen, hätte ich mich vielleicht gleich dort hingelegt und wäre an meinem verletzten Stolz gestorben.

Und obwohl dieser Ausspruch bloß eine Halluzination meines Gehirns war, schickte er meine Kräfte zurück in die Reihen und ich ging das Hindernis auf so sachliche Weise an, dass es bald eine Sache der Vergangenheit angehörte.

Das Hindernis war ein etwa drei Kilometer breiter See. Ich hätte ihn leicht durchschwimmen können, aber er war voller Blutegel aller Art, wie ich bemerkte, als ich mich rücksichtslos auf die Oberfläche stürzte. Sie griffen mich in so großer Zahl an, dass ich auf der Stelle ertränkt worden wäre, wenn ich mich weit genug vom Ufer entfernt hätte, um bis über den Kopf im Wasser zu stehen. Ich war so erschöpft, mich mit dieser Last ans Ufer zu tragen, dass ich mich hinsetzte und nur noch genug Kraft hatte, um sie zu entfernen und auf den Boden zu werfen.

In diesem Moment glaubte ich, das verächtliche Lachen zu hören, und ich blickte die Blutegel alles andere als erfreut an, denn sie hatten in der kurzen Zeit, in der sie an mir befestigt waren, beinahe meine gesamte Kraft verbraucht.

Mein Blick fiel auf eine kleine Feder im Sand und ein breites Lächeln muss sich auf meinem Gesicht ausgebreitet haben, denn ich war augenblicklich voller Freude.

Ich biss die kleine Spitze der Feder ab und auch das andere Ende, um das Mark ausblasen zu können. Es war mir verboten, irgendjemanden zu töten, und ich hatte nicht vor, diese Blutegel zu töten, wenn es nicht nötig war. Aber ich gebe zu, dass ich ihnen nicht wohlgesinnt war und dass es mir unter anderen Umständen Freude bereitet hätte, sie einen nach dem anderen in Stücke zu reißen.

Ich steckte die Feder nacheinander in jeden und blies hundert oder mehr davon auf, bis sie wie große Bälle aussahen. Dann legte ich die Öffnung eines an die Seite eines anderen, wo sie hartnäckig klebte, bis ich ein mehrere Fuß breites Quadrat davon hatte. Dann machte ich ein weiteres Quadrat derselben Größe und legte es auf das erste, und dann noch eins, und das legte ich auf das zweite, und noch eins auf das dritte.

Ich schob mein Floß ins Wasser und stieg darauf. Da eine ziemliche Brise wehte, breitete ich meinen Mantel aus und segelte langsam, aber sicher zu dem Punkt auf der anderen Seite, an dem der Weg seinen Weg fortsetzte.

Beim Gehen bemerkte ich, dass die Bäume auf beiden Seiten höher und dichter wurden und sich immer dichter an den Pfad herandrängten, mit dem Ergebnis, dass ich mich schließlich in einer Art Bucht wiederfand, in der die Bäume 60 Meter hoch aufragten und so dicht beieinander standen, dass ich mich nicht zwischen den beiden nächsten hindurchzwängen konnte, da die letzten beiden mich niedergedrückt hatten und die Natur es nicht mehr aushielt.

Durch einen schmalen Schlitz sah ich, dass der Weg weiterging, doch die Öffnung war so schmal, dass ich kaum meinen Arm hindurchstecken konnte.

Ich setzte mich hin, um darüber nachzudenken, oder besser gesagt, anstatt mich hinzusetzen, lehnte ich mich an einen Baum, denn die Bäume standen zu dicht beieinander, um mir das Sitzen zu erlauben.

Ich konnte mir keinen Ausweg aus dem Dilemma vorstellen und war so müde, dass ich fest einschlief. Als ich die Augen öffnete, war alles so schwarz wie eine Tonne Kohle. Ich schlief wieder ein, da mir keine neuen Gedanken kamen, und wurde von einem Donnerschlag geweckt. Die Luft war buchstäblich voller Blitze, die in alle erdenklichen Richtungen schossen und sich in jedem möglichen Winkel kreuzten, und aus der Ferne hörte ich das Brüllen eines furchtbaren Windes. Ich war kurz davor, von einem Zyklon überrollt zu werden, und ich konnte nichts tun, außer zu warten. Ich wagte es nicht, vom Weg abzuweichen, und tatsächlich war der Weg so sicher wie jeder andere Ort. Ich wusste sehr wohl, dass ich von den fallenden Bäumen getötet werden würde, wenn das Zentrum des Sturms in meiner Nähe vorbeiziehen würde; dennoch war ich entschlossen, mein Vorhaben nicht aufzugeben – ich würde lieber sterben, indem ich mich an die Regeln hielt.

Der Sturm schien eine Ewigkeit auf sich warten zu lassen, und schließlich sah ich, dass das wirbelnde Zentrum weit genug wegziehen würde, um mich nicht in seinem Trichter nach oben zu tragen; Das konnte ich am Lärm zwischen den Bäumen erkennen. Es war schrecklich; Was für majestätische Zerreißproben waren da! Wie kämpften die großen Waldriesen, nur um von den Wurzeln zerrissen oder in Splitter verwandelt und wütend weggeschleudert zu werden! Und das Rauschen des Windes – welche Schrecken enthielt er – ein befreiter Dämon, der seine Rache für seine Gefangenschaft ausübte – wie schrie er in seinem wahnsinnigen Delirium! Wie er in seinem Wutanfall heulte und zischte! Es ließ mir fast das Mark in den Knochen erstarren.

Ein starker Luftstrom strömte an mir vorbei und wurde von Sekunde zu Sekunde immer stärker. Ich sollte noch vor dem Ende von ihm erfasst und herumgewirbelt werden – der Herr wusste wohin –, aber ich betete, dass ich nicht vom Weg abgekommen sein sollte.

Ich spürte den ersten richtigen Stoß des reißenden Windes. Er drang in meine Tasche ein. Was würde er tun? Ich musste nicht lange auf meine Antwort warten, die der Wind selbst brachte. Der Druck, den er ausübte, wurde bald fast unerträglich, und während die Spannung ihren Höhepunkt erreichte, zeigte mir ein greller Blitz, dass die Bäume auf meinem Weg auseinandergedrückt wurden, und selbst jetzt war der Schlitz breit genug, dass ich hindurchspringen konnte. Gedacht, getan. Und alles, was ich tun musste, war, meinen Griff um den Baum zu lockern, an dem ich mich festgehalten hatte, und mich vom stürmischen Wind hindurchblasen zu lassen. Der Stoß, der mich hindurchbrachte, war der letzte Schmerz in dieser bestimmten Gegend.

Ich lag auf dem Boden, ziemlich durchgeschüttelt und verletzt, aber ausgesprochen glücklich, denn der Weg lag vor mir und wartete auf meine Füße. Also dankte ich dem Sturm und machte mich daran, mein Nickerchen zu beenden, denn es war inzwischen dunkel und ich war völlig erschöpft.

Als die Dämmerung die Lage wieder aufhellte, konnte ich es mir nicht verkneifen, den Ort zu inspizieren, durch den ich gekommen war.

Es gibt im Leben eines jeden Menschen Momente, in denen er das Gefühl hat, einen schlimmen Fehler begangen zu haben; dass seine anatomische Maschine beim Zusammenbau nicht richtig zusammengesetzt wurde; dass irgendwo in seinem Innern eine Schraube locker ist. Und so kam es mir damals vor, als ich auf den Spalt zwischen den Bäumen starrte.

Es gab nur eine Entschuldigung für mich: Ich musste in der letzten Episode mein Gehirn verloren haben, oder ich hatte die Kombination zu meinem Gedankenmacher vergessen. Vor meinen Augen stand das Denkmal meiner

Dummheit; es war der Beweis, dass ich nichts weiter als ein gestreifter Dummkopf der schlimmsten Sorte war. Da stand der Platz meines Anklägers, des Zeugen, dessen Aussage mich in ein Heim für unheilbare Schwachsinnige bringen sollte.

Zwar war es mir nicht möglich, zwischen den Bäumen hindurchzukommen, aber auf einer Distanz von 30 Metern war genügend Platz für mich. Natürlich hätte es Zeit gekostet, zwischen den einzelnen Bäumen auf- und abzuklettern. Ah, ein weiterer Beweis für meinen mondäugigen Zustand. Wenn ich auf die Äste geklettert wäre, hätte ich die ganze Strecke wie ein Eichhörnchen von einem Baum zum anderen laufen können.

Es spricht nichts für mich, dass ich gezwungen war, mehrere Ruten weit zwischen zwei Bäumen durch die Luft zu springen, denn so weit war mein geistiger Scharfsinn nicht gekommen. Ich fühlte mich unsagbar gedemütigt. Noch nie zuvor war ich gezwungen gewesen, die Kräfte der Natur anzurufen, um mir aus einer schwierigen Lage zu helfen. Es sollte das letzte Mal sein. Das war ein Trost.

Allerdings war es auch besser so, denn es hätte die Frage aufkommen können, ob man beim Klettern auf die Bäume vom Weg abgekommen wäre.

Dennoch wandte ich mich voller Abscheu von der Szene ab und vergaß völlig, dass ich seit dem Morgen zuvor nichts mehr gegessen hatte. Der Anblick des Stils eines Hauses, mit dem ich vertraut geworden war, brachte dies mit all seinem Schmerz wieder zum Vorschein. Diesmal ließ ich mich nicht von meiner natürlichen Scheu abhalten, ohne Umschweife einzutreten und den einzigen Stuhl am Tisch in Besitz zu nehmen. Ich konnte auch nicht widerstehen, nach dem Essen ein kurzes Nickerchen zu machen, denn ich hatte alles andere als gut geschlafen; und hätte überhaupt nicht schlafen sollen, außer vor völliger Erschöpfung.

XXII

Ich mache weiter und überliste einen riesigen Riesen; Flucht vor einer Herde wütender Rinder; einen Wasserzaun erklimmen; Triff eine freundliche Spinne.

Als ich aus meiner Siesta aufstand, bemerkte ich, dass die Dame, die die Karawanserei leitete, weniger stumm war als die anderen, die ich getroffen hatte, und dass auf ihrem Gesicht ein oder zwei verspätete Lächeln zu erkennen waren. Die Gesichter der anderen waren so ruhig, dass ein wirklich angenehmes Gefühl in ihnen hochgestiegen wäre, wenn es versucht hätte, in ihre Gesichter zu schlüpfen.

Das waren meine Meditationen auf meinem Weg.

Meine jüngsten Erlebnisse hatten meine Begeisterung nicht im Geringsten gemindert, und die Erfrischung sowohl der Nahrung als auch des Schlafes hatte mich wieder in einen sehr kräftigen Zustand versetzt. Ich war so übermütig, dass ich nicht im Geringsten beschämt oder nervös war, als ich zu einem riesigen Riesen kam, der auf einem Baumstumpf am Wegesrand saß. Er formte mit Hilfe eines Taschenmessers einen Zahnstocher, der mir ganz gut als Schwert gedient hätte, und blickte mich aus dem Augenwinkel ganz fröhlich an.

Auch wenn ich kein Riese war, was die Statur anbelangte, stand ich diesem Mann in puncto Kraft in keiner Weise nach, wie der folgende Vorfall zeigen wird.

Ich wünschte ihm einen guten Tag, und nachdem ich eine Weile mit ihm gesprochen hatte, wollte ich gerade weitermachen, als er meinte, ich müsse ihn zuerst töten.

Ich sagte ihm, dass es gegen die Regeln sei, irgendein Lebewesen innerhalb des Geheges zu töten, und seine Antwort war völlig auf den Punkt gebracht, denn er sagte, dass ich dann auf keinen Fall weitergehen würde.

Ich sagte ihm, ich dächte, ich solle mich gleich wieder meinen Geschäften widmen, als hätte ich nicht die Ehre gehabt, ihn zu kennen; ich glaube nicht, dass er mich daran hindern könnte, genau das zu tun, was ich wollte. Aber abgesehen von solchen Reden war er nicht so stark oder kräftig, wie er zweifellos dachte; ich war bereit zuzugeben, dass er viel Körperbau hatte, aber das war nichts weiter – es war kein Leben darin.

Damit war er nicht einverstanden, aber ich beharrte darauf, dass ich recht hatte, denn ich war überzeugt, dass ich schneller als er laufen oder springen und alles, was Schnelligkeit erforderte, besser machen konnte als er.

Er grinste nur.

Ich sagte ihm, er müsse sicherlich zugeben, dass ich im Verhältnis zu meiner Körpergröße höher springen könne als er.

Ich stand mitten auf dem Weg, sprang flink nach oben, packte einen Ast und riss ihn mit herunter, wobei ich äußerst darauf achtete, kein Blatt abzureißen.

Der darüber liegende Ast war mehrere Fuß höher und stark genug, um sein Gewicht zu tragen, sollte er ihn erreichen, und ich wusste, dass er das durchaus konnte.

Die Versuchung war zu groß für ihn, und so ging er rückwärts, um es immer im Blick zu haben, zu der Stelle, an der ich gestanden hatte, und indem er sich bückte, machte er einen sehr schönen Sprung, bei dem er den Ast ganz gut erwischte, und ich ebenfalls Er fing seine Füße auf und rannte schnell in die Richtung, in die ich gehen wollte, und zwar so weit, dass er mit seiner ganzen Länge auf dem Boden aufschlug, worauf er mit ausreichend Kraft aufschlug, um ihn zu betäuben oder zu betäuben, und er bemerkte meine Flucht erst Ich war zu weit weg, als dass er mich hätte überholen können, und ich sah ihn nicht mehr.

Als nächstes nahm mein Ohr ein Geräusch wahr, das sich als das Brüllen einer Rinderherde herausstellte, die mit rasender Geschwindigkeit meinen Weg entlangkam. Es waren mehrere Hundert, wie ich sie zählte, als sie an mir vorbeikamen, und sie hatten es sehr eilig und waren furchtbar aufgeregt, ein alter Bulle an der Spitze hatte den Kopf gesenkt und stieß schreckliche Schreie und Schnauben aus bösartig.

Sie überwältigten mich rasch, und sie waren so dick und dicht, dass ich mich nicht zur Seite drängen und sie vorbeilassen konnte, ohne zertreten zu werden.

Meine Geistesgegenwart rettete mich vor einem schrecklichen Tod. Hätte ich noch ein paar Sekunden länger gewartet, wäre ich von ihren schrecklichen Hufen zerquetscht worden. In diesen wenigen Sekunden packte ich einen jungen Baum, bog seine Spitze auf den Weg, hielt ihn fest und ließ die andere Hand los, sodass ich ihren Köpfen und Hörnern gerade noch rechtzeitig entkommen konnte.

Und mein neues Dilemma war genauso groß wie das, das ich sicher passiert hatte. Die Blätter waren so dicht und die kleinen Zweige auch, dass es sehr ernst wurde, auf den Boden zu fallen, ohne ein oder zwei Blätter oder einen Zweig oder so mitzunehmen. Ich war überzeugt, dass ich einer solchen Katastrophe nicht entgehen konnte, und wollte mich gerade in mein Schicksal ergeben, als etwas höchst Merkwürdiges geschah.

Eine riesige Spinne spann ihr Netz zwischen den Zweigen über meinem Kopf, und sein Netz war wie Leinenfaden. Mir kam ein schöner Gedanke, und ich wollte ihn gerade in die Tat umsetzen, als ich sah, dass sie einen Faden über den Weg gespannt hatte, den ich durcheinandergebracht hatte, als ich den Baum heruntergebogen hatte, und sie war nun dabei, den Schaden zu reparieren. Das Beste daran war, dass ihre Hauptschnur, an der sie gerade entlangflog, ganz in meiner Reichweite war.

Er gehörte einer besonderen Art an, von der ich seither kein Exemplar mehr gesehen habe, denn er spann jeweils fünf Fäden. Dabei kam er nicht sehr schnell voran, denn er flochten die Fäden im Laufe der Zeit miteinander.

Er erreichte die andere Seite und kam, nachdem er das Ende seines Zopfes oder Seils befestigt hatte, ebenso langsam zurück, wobei er eine weitere Leine hinter sich ließ.

Als er einen Punkt knapp über mir erreicht hatte und seine Leine sicher befestigt hatte, indem er sie mehrere Male um einen gesunden Ast gewickelt und festgeklebt hatte, begann ich ihn mit einem kleinen Ast zu ärgern, den ich zu diesem Zweck herumdrehte. Er wurde so wütend, dass er den Halt verlor und zu Boden fiel.

Ich durchschnitt rasch das Seil, das er beim Abstieg gespannt hatte, zog mich zu seiner Seilbrücke hinauf und hangelte mich daran entlang, bis ich die Mitte des Pfades erreichte. Dort schwankte ich auf und ab, bis ich loslassen und mich ohne Verletzungen auf den Boden fallen lassen konnte. Das tat ich, froh, dem sicheren Tod entgangen zu sein; denn so lautete die Regel, und ich hätte auf keine andere Weise herunterkommen können, ohne viele Blätter und einige Zweige mitzunehmen.

Nach kurzer Zeit kam ich zum Stehen, da der Weg das Gleiche getan hatte. Ich konnte nicht bestimmen, wo es weiterging, denn es gab einen sehr respektablen Wasserfall, in den es mündete und über den, oder besser gesagt, hinaufstieg, es zweifellos floss. Kein Mensch konnte diesen Wasserstrom schwimmen oder erklimmen; aber ich musste ihn besteigen, denn es gab keinen Weg, der in eine andere Richtung führte.

Ich saß lange Zeit mit den Füßen im Wasser und hatte zu diesem Zweck meine Stiefel ausgezogen, da meine Füße von dem langen Spaziergang heiß waren; aber ich konnte mir keinen Plan ausdenken, wie ich den Wasserzaun erklimmen könnte.

Ich war gerade dabei, einzudösen, als ich unter mir ein Plätschern hörte und einen großen Stör sah, der sich anschickte, den Wasserfall hinunterzustürzen. Es dauerte nicht lange, bis ich ins Wasser watete, und als ein großer Stör vorbeischoss, packte ich ihn an der Schwanzflosse und war oben im Abgrund, bevor ich Zeit zum Atmen hatte. Tatsächlich war der Übergang so plötzlich, dass es eine ganze Weile dauerte, bis ich wieder zu Atem kam; aber ich schaffte es gerade noch rechtzeitig, um nicht zurückgespült zu werden, denn der große Fisch hatte mich losgeschüttelt, als wir kaum den Rand passiert hatten.

Aber ich hatte meine Stiefel unten gelassen und konnte die Prinzessin nie barfuß betreten. Also sicherte ich sie folgendermaßen:

Ich löste eine der Seilführungen der Riesenspinne und befestigte ein Ende an einem langen Stein, der so groß und geformt war, dass er festklebte, als ich ihn in das Bein des Stiefels warf, und ich ihn herausziehen konnte. Den ersten erwischte ich problemlos, aber mit dem zweiten hatte ich weniger Glück, denn als ich ihn über den Wasserfall zog, verschluckte ihn ein Fisch, weil er dachte, es sei ein für ihn bestimmter Köder, und ich hatte einen sehr heftigen Kampf mit ihm. Ohne die Stärke meines Seils hätte ich meinen Stiefel verloren; Aber der Fisch, der offensichtlich davon überzeugt war, dass es zu lange dauern würde, wenn er blieb, bis er seine Mahlzeit zu sich genommen hatte, hustete friedlich den Stiefel aus und ging weiter.

XXIII

Ich biete einige Vorschläge an und erzähle andere Erfahrungen, die passiert sind, nachdem ich den Palast erreicht hatte, nach dem ich so lange gestrebt hatte, wo ich die „süßeste Frau aller Zeiten" treffe, deren Ehemann ich die Ehre habe, zu werden.

Ich habe nur noch ein paar weitere Vorfälle zu erzählen und bitte den Leser um Verzeihung, wenn ich ihm hier ein oder zwei Vorschläge mache, wie er das Buch zu Ende lesen soll. Ich vertraue darauf, dass er es nicht in eine Zimmerecke schmeißt oder aus dem Fenster wirft. Es würde mir weniger weh tun, wenn er es sanft hinlegt. Ich sage das, weil sein Inhalt ein Teil von mir ist – er kam aus meinem Gehirn und jede ungehörige Erschütterung, die er mir damit zufügen könnte, wäre ein Schock für meine Atome und daher abstoßend für meinen „Seelenfrieden".

Wenn er sich amüsiert hat, wäre es nur eine höfliche Geste, das Buch einem Freund zu leihen, damit auch dieser sich amüsieren kann; wenn er unterhalten wurde, ist die Rolle des Gastgebers unerfüllt, wenn er nicht auch seine Gäste unterhält. Wenn er jedoch angewidert ist, kann er seine Rache üben, indem er das Buch jemandem leiht, gegen den er einen Groll hegt.

Mir hat das Schreiben dieser Zeilen immer viel Freude bereitet, denn es ist eine gewisse Erleichterung, so viel Material los zu sein. Aber ich würde es aufrichtig bedauern, wenn es jemand anderem schwer auf der Seele lasten würde. Wenn es also soweit ist, dann machen Sie es wie ich – erzählen Sie die Geschichten anderen.

Ich sehne mich nach einer Aufhebung der Strafe für diese Ablenkung von den Abenteuern und kehre zu ihnen zurück.

Ich durchquerte die Außenmauer des Palastes und entdeckte auf dem Rasen eine Anzahl Frauen, die ich zu fragen wagte, ob die Prinzessin zu Hause sei. Sie nickten zustimmend. Dann stellte ich eine weitere Frage, nämlich, wo ich die Ehre haben könnte, in ihrer Gegenwart niederzuknien, und sie sahen mich mit verwunderten Augen an. Ich war zum ersten Mal in meinem Leben etwas verlegen, und eine der Mägde ging in ihrem Mitleid mit mir so weit, dass sie mir sagte, die Prinzessin sei in ihrem Geheimgemach.

Ich hatte gehofft, meine Sorgen hätten ein Ende, konnte mir aber immer noch nicht vorstellen, dass es mir sehr große Schwierigkeiten bereiten könnte, den Aufenthaltsort dieser Geheimkammer herauszufinden, jetzt, da ich mich innerhalb der Palastmauern befand und im Rahmen der Regeln tun und lassen konnte, was ich wollte.

Also schaute ich mich um und bemerkte mehrere Türen, durch die ich eintreten konnte. Sie waren alle gleich, mit einer einzigen Ausnahme: Ein Paar Zaunkönige hatte auf dem Bogen einer von ihnen ein Nest gebaut, und durch diesen Bogen ging ich, denn ging ich dabei nicht unter einem Symbol der Liebe hindurch?

Der Gang war eine Zeit lang dunkel und eng, dann weitete er sich zu einem geräumigen und gut beleuchteten Flur. Dann kam ich zu einer Rotunde, von der mehrere Gänge abgingen, von denen ich jeden sehr sorgfältig inspizierte, da ich in dieser Nähe des Ziels nicht scheitern wollte.

Der Boden und die Wände eines davon waren über eine solche Distanz mit glühenden Ziegeln ausgelegt, dass ich selbst bei größter Geschwindigkeit durch die Hitze umgekommen wäre, bevor ich das Ende erreicht hätte. Und doch war ich überzeugt, dass dies der Weg zu der Geheimkammer war.

In der Mitte der Rotunde gab es einen herrlichen Springbrunnen, der in ein großes Becken sprudelte, und dorthin machte ich mich auf den Weg. Ich konnte mich an keine der Regeln erinnern, die mir verboten hätten, mich gründlich nass zu machen; hätte es tatsächlich welche gegeben, hätte ich sie bereits gebrochen. Ich legte mich daher in das Becken, bis ich völlig durchnässt war. Ich durchnässte auch meinen Mantel und wickelte ihn um meinen Kopf, wobei ich nur ein kleines Loch ließ, durch das ich meine Richtung beibehalten konnte. Nässegetränkt rannte ich auf den heißen Gang zu und rannte mit allerhöchster Geschwindigkeit hindurch; aber es war so heiß, dass ich am Ende knochentrocken war, aber nicht einmal ein Haar war versengt.

Ich befand mich nun in einer anderen Rotunde, in der ein prächtiger Tisch stand, auf dem viele mit Parfüm und Ölen gefüllte Krüge standen. Wie von der vorherigen Rotunde führten mehrere Gänge von hier aus, von denen einer, wie ich zunächst vermutete, gerade renoviert zu werden schien. Nach reiflicher Überlegung kam ich jedoch zu dem Schluss, dass es speziell vorbereitet war und dass ich es überwinden musste, um die Geheimkammer zu erreichen. Sein Boden war mehrere Zentimeter hoch mit Pech der hartnäckigsten Art bedeckt, und ich war mir sicher, dass er, wenn ich meinen Stiefel fest darauf absetzen würde, aller Wahrscheinlichkeit nach genau dort bleiben würde; denn dieser Pech war so fest, dass er ihn nicht mehr loslassen konnte, wenn er ihn einmal ergriffen hatte.

Wie es meine Gewohnheit war, setzte ich mich hin und dachte einige Augenblicke darüber nach; Dann stand er auf, ging zum Tisch und nahm eine Flasche sehr schweres Öl heraus. Damit habe ich meine Stiefel von der Sohle bis über die Knöchel gesalbt, wohlwissend, dass das Pech an Öl dieser Konsistenz nicht haften würde.

Daraufhin durchquerte ich den Durchgang und betrat eine weitere Rotunde.

Mir fiel auf, dass es sehr viele Rotunden gab; Später erfuhr ich, dass es an jeder Ecke des Palastes einen gab; dass alle gleich waren und dass ich, wenn ich etwas anderes als das genommen hätte, sehr bald wieder ins Freie gekommen wäre.

Der ausgehende Durchgang, den ich von diesem Ort aus wählte, war mit Nadeln gepflastert, die etwa sieben Zentimeter lang und so scharf und dünn waren, dass sie schnell jede Substanz außer Metall durchdrangen. Nun, ich hatte kein Metall an mir und nichts anderes, was diese Punkte ertragen würde.

Also setzte ich mich wieder hin, um nachzudenken. Ich untersuchte die Nadeln sorgfältig und stellte fest, dass sie Köpfe wie Nägel und eine gute Oberfläche hatten. Die Köpfe ruhten auf Metallplatten, während die Nadelkörper durch Löcher in anderen Metallstücken ragten. So konnten sie nicht umkippen, und sie waren so fest angebracht, dass sie allen meinen Versuchen, sie zu lösen, widerstanden.

An einer Seite dieses Eingangs befand sich eine Nische, und in dieser Nische stand ein Korb; und in diesem Korb fand ich viele Nadelnägel, ähnlich denen im Boden, die wahrscheinlich der Arbeiter dort zurückgelassen hatte, als er seine Arbeit beendet hatte. In diesem Korb befanden sich auch ein Meißel, eine Ahle und ein Hammer; und es erwies sich als kurzes Stück Arbeit, die Untersohlen meiner Stiefel aufzureißen, eine ganze Reihe Nadelnägel einzuführen und die Sohlen wieder zu befestigen. Indem ich auf den Zehenspitzen ging, gelangte ich problemlos durch den Gang, da die Nadeln in meinen Sohlen die gleiche Länge hatten wie die Nadeln im Boden und diese daher nicht in meine Füße eindringen konnten.

Als ich eine weitere Rotunde betrat, fand ich den Boden aus einem so zarten Mosaik, dass ich mich sofort hinsetzte und die Nadeln aus meinen Stiefeln entfernte, damit ich ihn nicht beschädigte.

Alle Gänge dieser Rotunde führten auf einer Ebene hinaus, bis auf einen, der in einem Winkel von 45 Grad nach oben führte und mit so glatten Fliesen gepflastert war, dass ich keinen Halt mehr fand und mich hinsetzen und meditieren musste.

Ich kam auf einen Plan, der bewundernswert erfolgreich war.

Ich war über 1,80 m groß und konnte gut 45 cm über meinen Kopf ragen. Der Gang war nur 2,10 m breit. Also legte ich mich quer darüber und rollte mich mit Füßen und Händen gegen die Seitenwände, um mich bis zum oberen Ende der Böschung zu rollen.

Ich hatte mich kaum erhoben, als das süßeste Lachen, das ich je gehört hatte, meine Ohren begrüßte und mit ausgestreckten Händen das strahlendste

Geschöpf, das ich je gesehen hatte, auf mich zukam. Solch eine hervorragende Kutsche; so eine anmutige Form; so köstliche Lippen, zwischen denen so perlmuttartige Zähne sichtbar waren; so ein süßes, süßes Gesicht; solch herrliches Haar; und so liebe Augen. Ich hätte sie sofort an meine Brust gedrückt, aber sie schien zu rein und kostbar für sterbliche Hände.

Aber sie wollte nicht, dass wir länger Fremde sein sollten; Wir waren es auch nicht.

Sie veranstaltete ein großes Bankett, und ich war überrascht, unter den Gästen so viele angesehene Männer zu finden; sogar der Einsiedler war da. Aber als sie alle versammelt waren, machte meine Prinzessin alles klar, indem sie sagte:

„Meine Herren, ich möchte Ihnen meine tiefste Hochachtung aussprechen. Sie alle haben sich ernsthaft um meine Hand bemüht, aber jedes einzelne Hindernis erwies sich als unüberwindbar, mit Ausnahme eines einzigen Falles.

„Eine meiner Regeln besagte, dass jeder, der sie missachtete, sofort getötet werden würde. Dies wurde verordnet, damit Sie sich nach Kräften anstrengen konnten, und nur deshalb, denn Sie sehen, dass keiner von Ihnen den Tod gefunden hat. Als einer von Ihnen unterwegs fiel, wurde er sofort in Gewahrsam genommen und es ist ihm seitdem so gut ergangen, wie ich es ihm erlauben konnte.

„Es gibt einen unter euch, der nicht ein einziges Mal versagt hat, noch ist er auf dem Weg ins Straucheln geraten, wie ihr alle wisst, denn seit eurem eigenen Versagen war jeder von euch Zeuge der Bemühungen aller Späteren.

„Und diesem soll nun die Möglichkeit gegeben werden, meine Hand anzunehmen oder abzulehnen. Ich weiß, dass ich nicht nur mich selbst, sondern auch mein Königreich in seinen Händen anvertrauen kann, denn kein Umstand kann so schwierig sein, dass er ihn nicht verstehen und darüber triumphieren wird.

„Jetzt habe ich das Vergnügen, Mönch Chawson meine Hand, meinen Thron und mein Vermögen anzubieten, und ich überlasse die Angelegenheit ihm."

Der ohrenbetäubende Applaus, der die Luft erschütterte, als sie ihren Thron wieder einnahm, versetzte meine Nerven in unangenehmes Zittern. Meine Worte kamen nicht zur Sprache. Deshalb stand ich von meinem Platz am anderen Ende des Tisches auf und ging zu ihrem Platz.

Dort kniete ich zu ihren Füßen. Dann, und nur dann, konnte ich sprechen. Ich habe etwas in diesem Sinne gesagt:

„Liebe Prinzessin, der Mensch kann eine solche Ehre vielleicht nur einmal erfahren. Kein Mensch kann hoffen, für immer ein anderes Wesen an seiner Seite zu haben, das dir ebenbürtig ist. Es kann die Freude eines einzigen Mannes sein, einen solchen Gefährten zu haben; denn es gibt nur einen. Für eine solche Frau kann ein Mann jemals ein Liebhaber sein; denn sein Leben muss nur Sonnenschein und Freude sein.

„Wenn Sie mich dann als Ihren ständigen Begleiter in diesem Leben akzeptieren, erhalten Sie mein Versprechen, Sie in allen Notfällen zu beschützen und zu beschützen.“

Sie stieg von ihrem Thron herunter und kniete neben mir. Ein heiliger Mönch trat vor und führte die Zeremonie durch, die mein Leben vor Glück erfüllte.

Obwohl seit diesem ereignisreichen Tag Jahre vergangen sind, hat ihre Schönheit nicht nachgelassen; der Glanz ihrer Augen ist immer noch kraftvoll; die Sanftheit ihres Gemüts hat an Größe zugenommen.

Während wir die spielenden Kinder betrachten, reichen wir einander die Hände in dieser süßen Verzückung, die nur diejenigen kennen, die wirklich lieben und genauso geliebt werden.

Möge Ihr Schicksal genauso angenehm sein wie meines, lieber Leser!

Ich muss hinzufügen, dass jeder der Ritter und Herren, die den Versuch unternahmen, die geheime Kammer zu finden, im Haushalt meiner Prinzessin eine schöne Frau fand, die seine Zuneigung erwiderte. So dass unser Palast ein Gefolge enthält, das an Tapferkeit und Ansehen seinesgleichen sucht, und dass um uns herum eine Armee robuster Kinder heranwächst, deren fröhliches Lachen und hübsche Streiche uns alle mit ständiger Freude erfüllen.

Der Erfolg krönt fast immer die Bemühungen des Wagemutigen. Das Scheitern eines Abenteuers wird immer mit eklatanten Schlagzeilen dokumentiert und beweist damit die obige Behauptung. Auf jeden Fall war ich auf jeden Fall dafür, mich auf etwas Geheimnisvolles einzulassen, mit dem Ergebnis eines endgültigen Triumphs.

Mein lieber Leser, mögen Ihre Abenteuer genauso glücklich enden wie meine.

DAS ENDE